Giorgio Bassani

Die Brille mit dem Goldrand

Zu diesem Buch

Ferrara in den Jahren zwischen den beiden Weltkriegen. Der Arzt Fadigati ist ein angesehenes Mitglied der Ferrareser Gesellschaft. Als jedoch bekannt wird, daß er homosexuell ist, zieht man nur noch am Tage vor ihm den Hut. Am Abend aber tut man so, als kenne man ihn nicht. Zum Skandal kommt es, als Fadigati sich in Riccione, dem sommerlichen Badeort der Ferrareser, öffentlich mit seinem jugendlichen Liebhaber zeigt. Einzig die jüdische Familie des Ich-Erzählers begegnet ihm weiterhin mit Respekt. Und nur der Erzähler ahnt, daß der aufkommende Faschismus bald auch die Ferrareser Juden ausgrenzen und bedrohen wird. Der Selbstmord Fadigatis scheint am Ende wie ein unheilvolles Vorzeichen des Schicksals der Juden im Faschismus.

Giorgio Bassani, am 4. März 1916 in Bologna geboren, lebte bis 1943 in seiner Vaterstadt Ferrara, Studium der Literatur und Kunstgeschichte in Bologna, Lehrer in Neapel, 1943 als Antifaschist verhaftet. Lebt seit Kriegsende in Rom. Er war Verlagsmitarbeiter, Journalist beim Rundfunk, Herausgeber mehrerer Zeitschriften, ab 1957 Professor an der Schauspielakademie in Rom. Zahlreiche Preise, 1969 Nelly-Sachs-Preis der Stadt Dortmund für sein Gesamtwerk.

Giorgio Bassani

Die Brille mit dem Goldrand

Erzählung

Aus dem Italienischen von
Herbert Schlüter

Piper München Zürich

Von Giorgio Bassani liegen in der Serie Piper außerdem vor:
Die Gärten der Finzi-Contini (314)
Hinter der Tür (386)
Ferrareser Geschichten (430)
Erinnerungen des Herzens (938)

Ungekürzte Taschenbuchausgabe
1. Auflage Juni 1985
7. Auflage Juni 1997

Titel der italienischen Originalausgabe:
»Gli occhiali d'oro«, Giulio Einaudi, Turin 1958

unter dem Titel: »Ein Arzt aus Ferrara«
Umschlag: Büro Hamburg
Simone Leitenberger, Susanne Schmitt, Andrea Lühr
Umschlagabbildung: Herbert Ploberger
Foto Umschlagrückseite: Isolde Ohlbaum
Satz: C. Brügel & Sohn, Ansbach
Druck und Bindung: Clausen & Bosse, Leck
Printed in Germany ISBN 3-492-20417-1

Für Mario Soldati

Ich bin verloren! Nimmer kann ich, Sohn, die Qual
Vor euch verhehlen. Götter, ha! Durch dringt sie, durch,
Durch dringt sie: weh, ich Armer, Unglückseliger!
Ich bin verloren! Wie es zehrt! Ach Kind, o weh!
Ach wehe, weh! Weh, weh, o weh! Ach wehe, weh!
Bei allen Göttern, wenn du hier in der Nähe, Sohn,
Zur Hand ein Schwert hast, triff des Fußes Spitze; flugs,
Flugs hau' ihn ab, und schone meines Lebens nicht!
O tu's, Kind!

Sophokles, Philoktet
(Deutsch v. J. J. C. Donner)

1

Mit der Zeit sind es nicht mehr so viele, doch darum noch nicht wenige Menschen, die sich in Ferrara an Doktor Fadigati erinnern – an Athos Fadigati, den Hals-, Nasen- und Ohrenarzt, der in der Via Gorgadello, ein paar Schritt von der Piazza delle Erbe, wohnte und praktizierte, und mit dem es ein so trauriges Ende nahm, ein tragisches Ende; und gerade er schien, als er als junger Mensch aus seiner Heimatstadt Venedig kam und sich hier niederließ, für eine vollkommen normale, ruhige und eben deshalb höchst beneidenswerte Laufbahn bestimmt.
Das war im Jahre 1919, kurz nach dem Ersten Weltkrieg. Ich war damals noch zu jung, um mehr als nur ein unbestimmtes und ziemlich verworrenes Bild jener Zeit wiedergeben zu können. In den Cafés des Stadtzentrums wimmelte es von Offizieren in Uniform; alle Augenblicke kamen Lastwagen mit wehenden roten Fahnen vorbei; über das Baugerüst des Gebäudes der »Assicurazioni Generali« war eine gewaltige knallrote Reklameleinwand gespannt, die gleichermaßen Freunde und Gegner des Sozialismus aufforderte, in Eintracht den »Lenin-Apéritif« zu trinken; fast täglich kam es zu Schlägereien zwischen radikalen Bauern und Arbeitern auf der einen und Angehörigen der Frontkämpferverbände auf der anderen Seite ... Diese Atmosphäre des Fiebers, der politischen Unruhe und der allgemeinen Sucht nach Zerstreuung war für den Venezianer Fadigati in gewisser Weise günstig. Man versteht, daß er in einer Stadt wie der unseren, in der es nach dem Kriege den jungen Leuten aus guter Familie mehr

als anderswo widerstrebte, einen akademischen Beruf zu ergreifen, leicht Wurzel fassen konnte, ohne daß es besonders auffiel. Jedenfalls hatte Athos Fadigati im Jahre 1925, als das Fieber auch bei uns allmählich zurückging und der Faschismus, der sich als große nationale Partei etablierte, für alle, die noch keinen Platz gefunden hatten, zu sorgen vermochte, bereits fest in Ferrara Fuß gefaßt. Er besaß eine sehr gutgehende Privatpraxis und war außerdem Chef der Hals-Nasen-Ohren-Abteilung des neuen Hauptkrankenhauses von Sankt Anna.

Er hatte einen guten Eindruck gemacht. Den Leuten gefiel, daß er – nicht mehr sehr jung und schon damals mit einem Ausdruck, als wäre er es nie gewesen – nicht eigentlich deswegen aus Venedig hierhergekommen war (er erzählte es einmal selber), um in einer fremden Stadt sein Glück zu machen, sondern um der bedrückenden Atmosphäre eines großen Hauses am Canal Grande zu entgehen, in dem ihm im Zeitraum weniger Jahre beide Eltern und eine geliebte Schwester gestorben waren. Man hatte Gefallen gefunden an seiner höflichen, zurückhaltenden Art, an seiner offenbaren Uneigennützigkeit und seiner maßvoll-mildtätigen Einstellung gegenüber seinen ärmeren Patienten. Aber, von diesen Gründen seiner Beliebtheit abgesehen, hatte er sich zunächst als der, der er war, als Person, meine ich, empfehlen müssen. Man mochte das Funkeln seiner goldenen Brille auf den fahlen glatten Wangen, seine keineswegs unangenehme Korpulenz – die Korpulenz des geborenen Herzkranken, der wie durch ein Wunder die Wachstumskrise überstanden hat und der ständig, auch im Sommer, in weiche englische Wollschals gehüllt ist (während des Krieges hatte er aus Gesundheitsgründen nur bei der Postzensur Dienst leisten können). Kurz gesagt, er hatte auf den ersten Blick etwas an sich, das sofort für ihn einnahm und Vertrauen weckte.

Seine Sprechstunde in der Via Gorgadello – von vier bis sieben Uhr jeden Nachmittag – sollte später seinen Erfolg noch vervollständigen.

Es war eine wahrhaft moderne Praxis, wie sie bis dahin noch kein Arzt in Ferrara besessen hatte. Zu einem makellosen Behandlungsraum, der, was Reinlichkeit, Ausrüstung und Geräumigkeit betraf, sich lediglich mit den Behandlungsräumen des Krankenhauses von Sankt Anna vergleichen ließ, kamen noch gut acht Zimmer der anstoßenden Privatwohnung als Wartezimmer. Unsere Mitbürger, zumal die gesellschaftlich höherstehenden, waren davon wie geblendet. Gewöhnt an die, wenn man will, malerische, doch allzu vertrauliche und im Grunde peinliche Unordnung, in der die drei oder vier älteren Fachärzte der Stadt noch immer ihre Patienten empfingen, empfanden sie diesen Glanz wie eine ihnen persönlich dargebrachte Huldigung. Wo gab es bei Fadigati – wie sie nicht müde wurden, immer wieder zu erwähnen – dieses endlose Warten, wo einer gleichsam auf dem anderen saß wie das liebe Vieh, und wo man durch die dünnen Wände die mehr oder weniger nahen Stimmen einer meistens fröhlichen und zahlreichen Familie hörte, und wo das Auge bei dem schwachen Licht einer kleinen Birne an den Wänden keinen anderen Ruhepunkt fand als eine Majolikaplatte mit der Inschrift »Nicht auf den Boden spucken!«, ein paar Karikaturen von Universitätsprofessoren oder Kollegen, ganz zu schweigen von anderen, noch melancholischer stimmenden, ominösen Bildern, auf denen ein Patient vor versammeltem ärztlichem Kollegium ein enormes Klistier erhält, oder ihm der Bauch geöffnet wird, wobei der Arzt der Tod selbst ist, der sich grinsend als Chirurg verkleidet hat? Wie, so fragte man sich, hatte man nur so lange eine solche mittelalterliche Behandlung des wartenden Patienten hinnehmen können?
Ein Besuch bei Fadigati wurde bald mehr als eine bloße Mode, eine wahre Erholung. An den Winterabenden zumal, wenn ein eisiger Wind vom Domplatz in die Via Gorgadello fuhr, nahm der wohlhabende Bürger das kleinste Halsweh zum Vorwand, um, in einen schweren Pelzmantel gehüllt, durch die angelehnte Haustür an der Ecke der Via Bersaglieri del Po zu

treten, die zwei Treppenabsätze hochzusteigen und an der Glastür zu läuten. Dort fand er hinter der zauberisch leuchtenden Scheibe, von einer stets jungen, stets lächelnden Sprechstundenhilfe im weißen Ärztemantel empfangen, eine Zentralheizung, die auf Volldampf gestellt war, ganz wie – ich sage nicht: zu Hause – sondern wie nicht einmal im Klub der Kaufleute oder in der »Concordia«. Er fand Sessel und Diwane in Hülle und Fülle, kleine Tischchen, die mit den neuesten Zeitschriften beladen waren, und Lampen, die ein weißes festliches Licht ohne jede Knauserei verbreiteten. Wurde er es überdrüssig, in der Wärme zu träumen oder in illustrierten Zeitschriften zu blättern, verlockten ihn die Teppiche dazu, von einem Salon in den anderen zu gehen und die alten und modernen Bilder und Drucke zu betrachten, die dicht nebeneinander an den Wänden hingen. Und schließlich fand er einen gutmütigen und gesprächigen Arzt, der sich, während er seinen Patienten persönlich »nach drüben« führte, um ihm den Hals zu untersuchen, als der vornehme Herr und passionierte Wagnerliebhaber, der er war, vor allem dafür zu interessieren schien, ob sein Patient Gelegenheit gehabt habe, vor einigen Tagen im Stadttheater von Bologna Aureliano Pertile im »Lohengrin« zu hören. Oder, was weiß ich, ob er in dem und dem Salon den und den De Chirico, oder wie ihm der De Pisis gefallen habe; und er zeigte sich höchst verwundert, wenn sein Patient gestand, nicht allein De Pisis nicht zu kennen, sondern bis zu diesem Moment auch nicht gewußt zu haben, daß Filippo De Pisis ein junger, hoffnungsvoller Maler aus Ferrara war. Alles in allem ein behagliches Milieu, einnehmend und herrschaftlich, ja, sogar bildend. Eine Umgebung, in der die Zeit – die verdammte Zeit, die immer das große Problem der italienischen Provinz gewesen ist – verging, daß es ein Vergnügen war.

2

Das Recht auf die Trennung des öffentlichen vom privaten Lebensbezirk, der die indiskrete Neugier des ordentlichen Bürgers erregt, wird heute nicht mehr anerkannt. Was geschah mit Athos Fadigati, nachdem die Sprechstundenhilfe die Glastür hinter dem letzten Patienten geschlossen hatte? Daß es unklar blieb, wie er seine Abende – oder zumindest die Tatsache, daß er sie auf nicht ganz übliche Weise verbrachte, trug dazu bei, die Neugier der andern zu reizen. Ja, es gab an Fadigati irgend etwas, das nicht ganz verständlich war. Aber auch das war an ihm sympathisch und nahm für ihn ein.

Wie er seine Vormittage verbrachte, war allgemein bekannt, und niemand hatte etwas über sie zu bemerken.

Um neun Uhr war er bereits im Krankenhaus, und mit Untersuchungen und Operationen (denn er operierte auch; es verging kein Tag, an dem nicht ein Paar Mandeln herauszunehmen oder eine Ohrenmeißelung vorzunehmen war) verging die Zeit bis ein Uhr mittags. Danach, zwischen ein und zwei Uhr, konnte man ihm nicht selten begegnen, wie er den Corso Giovecca heraufkam, am kleinen Finger ein Päckchen schwenkend, das Thunfisch in Öl oder kalten Aufschnitt enthielt, während der »Corriere della Sera« ihm aus der Manteltasche schaute. Also aß er zu Hause. Und da er keine Köchin hatte, mußte er sich also selbst die unumgängliche Schüssel »Pastasciutta« bereiten, was an und für sich schon eine recht sonderbare Sache war.

Auch zum Abendessen hätte man ihn vergeblich in den zwei oder drei Restaurants der Stadt erwartet, die einen gewissen Standard hielten: »bei Vincenzo«, »bei Sandrina« oder »zu den drei Hähnchen«. Auch nicht »bei Roveraro«, dessen bürgerliche Küche so viele Junggesellen in mittleren Jahren anzog. Doch bedeutete das keineswegs, daß er auch des Abends wie am Mittag zu Hause äße. Am Abend konnte er sich praktisch nie zu Hause aufhalten. So gegen acht oder viertel nach acht konn-

te man ihn sein Haus in der Via Gorgadello verlassen sehen. Einen Augenblick blieb er zögernd auf der Schwelle stehen, blickte nach oben, nach rechts und nach links, wie um sich über das Wetter und die einzuschlagende Richtung klar zu werden, bis er sich schließlich in den Menschenstrom mischte, der um diese Stunde im Sommer wie im Winter an den erleuchteten Schaufenstern der Via Bersaglieri del Po vorbeizog.
Wohin er ging? Hierhin und dorthin, spazierenderweise und, wie es schien, ohne ein bestimmtes Ziel.
Nach einem harten Arbeitstag machte es ihm gewiß Vergnügen, sich vom Strom der Menge tragen zu lassen – der fröhlichen, lauten, anonymen Menge. Abends zwischen acht und neun konnte man ihn überall in der Stadt treffen: groß, korpulent, mit weichem Hut, gelben Handschuhen und, wenn es Winter war, im mit Opossum gefütterten Mantel, den Spazierstock mit dem Griff in der rechten Manteltasche. Von Zeit zu Zeit fand man ihn überraschenderweise vor irgendeinem Schaufenster der Via Mazzini oder Via Saraceno stehen, wie er aufmerksam über die Schulter eines vor ihm Stehenden hinwegblickte. Oft hielt er sich bei den Verkaufsständen für Kurzwaren oder Zuckerwerk auf, wie sie sich zu Dutzenden an der Südseite des Doms oder auf der Piazza Travaglio oder in der Via Garibaldi befinden, und musterte stumm die bescheidenen Waren. Aber am liebsten ging Fadigati die engen, menschenwimmelnden Bürgersteige der Via San Romano entlang. Traf man ihn dort unter den niedrigen Arkaden, wo ein scharfer Geruch nach gebratenem Fisch, Geräuchertem, fremdartigen Gewürzen und billigem Wein in der Luft stillzustehen schien, und wo sich stets eine Menge von Mädchen, Soldaten, Burschen und Bauern in ihren Capes drängte, so stellte man mit Verwunderung fest, wie lebhaft, fröhlich und zufrieden er dreinblickte, und wie ein unbestimmtes Lächeln sein Gesicht aufhellte.
»Guten Abend, Herr Doktor!« rief ihm jemand nach. Und es war ein Wunder, wenn er den Gruß hörte, wenn er, schon weitergetragen vom Strom der Menge, sich umwandte und zurückgrüßte.

Erst später, nach zehn Uhr, erschien er in einem der vier Kinos der Stadt: im »Excelsior«, im »Salvini«, im »Rex«, oder im »Diana«.
Doch auch hier zog er den Galerieplätzen, auf denen sich die feineren Leute stets wie in einem Salon unter sich befanden, die billigsten Parkettplätze vor. Und wie peinlich war es dann für diese feineren Mitbürger, ihn dort unten zu sehen, wo er, so gut gekleidet, mitten in der schlimmsten Hefe des Volkes untertauchte! Zeugte es wirklich von gutem Geschmack, fragten sie sich seufzend und blickten angestrengt anderswohin, so sehr den Bohemien herauszukehren?
Es kann darum nicht wundernehmen, wenn so mancher auf den Gedanken kam, daß Fadigati, der um 1930 bereits die Vierzig überschritten hatte, so schnell wie möglich heiraten müßte. Die Patienten unterhielten sich flüsternd, die Sessel aneinandergerückt, in den Wartezimmern der Via Gorgadello darüber, während sie darauf warteten, daß der nichtsahnende Arzt in der Tür des Sprechzimmers erschien und sie »nach drüben« bat. Später sprachen beim Abendessen die Eheleute darüber, in Andeutungen und darauf bedacht, daß die Kinder, die die Nase über ihren Teller hielten, aber die Ohren aufgesperrt hatten, nicht errieten, von wem die Rede war. Und noch später, wenn dieses Thema, nunmehr ohne Zurückhaltung, im Bett erörtert wurde, pflegte es bereits fünf bis zehn Minuten jener köstlichen halben Stunde zu rauben, die dem vertraulichen Geplauder und seinen immer längeren Unterbrechungen durch Gähnen gewidmet ist, und die für gewöhnlich ein Austausch von Küssen und ehelichen »Gute-Nacht«-Wünschen beendet.
Den Männern erschien es ebenso wie ihren Frauen unverständlich, daß ein so tüchtiger Mann nicht daran dachte, endlich einen Hausstand zu gründen.
Wenn man von dem etwas »künstlerischen« Zug seiner Persönlichkeit absah – die aber doch, im ganzen gesehen, so ernst und ruhig war –, welcher andere Akademiker Ferraras unter

fünfzig Jahren konnte sich einer besseren Position rühmen, als er sie besaß? Er genoß die allgemeine Sympathie; er war reich (er konnte jetzt soviel verdienen, wie er nur wollte); er war aktives Mitglied der beiden größten Klubs der Stadt und daher gleichermaßen willkommen im kleinen und mittleren Bürgertum der freien Berufe und des Handels wie in der Aristokratie – mit oder ohne Wappen – der großen Vermögen und des Grundbesitzes; schließlich besaß er die Mitgliedskarte der faschistischen Partei, die ihm der *Segretario Federale*[1] persönlich unter allen Umständen hatte geben wollen, obwohl er, Fadigati, sich in aller Bescheidenheit als »von Natur unpolitisch« erklärt hatte. Was also fehlte ihm weiter als eine schöne Frau, die er jeden Sonntagmorgen in die Kirche San Carlo oder in den Dom führen konnte und am Abend ins Kino, in einen Pelz gehüllt und mit Schmuck angetan, wie es sich gebührte? Und warum gab er sich nicht ein bißchen Mühe, eine solche Frau zu finden? Vielleicht – das mochte es sein –, vielleicht hatte er ein Verhältnis mit irgendeiner Frau, zu dem er sich öffentlich nicht bekennen konnte – etwas wie eine Schneiderin, Erzieherin, Dienstmädchen oder dergleichen. Vielleicht fand er – wie es vielen Ärzten geschieht – nur Gefallen an Krankenschwestern – und vielleicht waren gerade deshalb die Schwestern, die von Jahr zu Jahr durch seine Sprechstunde gingen, immer so besonders hübsch und herausfordernd kokett! Aber angenommen, daß es sich wirklich so verhielt – andrerseits war es seltsam, daß in dieser Beziehung nie etwas Genaues durchgesickert war –, warum verheiratete er sich dann nicht? Wollte er denn so enden wie seinerzeit Elia Corcos, der achtzigjährige Chefarzt des Krankenhauses, der berühmteste Arzt von Ferrara, der, wie man sich erzählte, nach einer Jahre währenden Liebelei mit einer jungen Krankenschwester eines Tages von ihren Angehörigen dazu gezwungen wurde, sie für das ganze Leben zu behalten?

Schon begann man nach dem Mädchen in der Stadt zu suchen, das wahrhaftig würdig wäre, Signora Fadigati zu werden (aber aus dem einen oder anderen Grunde kam keine in Betracht: keine schien je ganz geeignet für den einsamen Mann), als plötzlich über den Arzt Gerüchte zu hören waren – man weiß nicht, wer sie in Umlauf gesetzt hatte –, die seltsam, höchst seltsam anmuteten.

»Hast du schon gehört? Doktor Fadigati soll ...«

Oder: »Weißt du schon das Neueste? Du kennst doch auch diesen Doktor Fadigati, der in der Via Gorgadello wohnt, fast an der Ecke der Via Bersaglieri del Po? Also, wie ich gehört habe, ist er ...«

3

Eine Gebärde, eine Grimasse waren genug.

Es genügte auch, nur zu sagen, daß Fadigati »so« war oder daß er zu »der Sorte« gehörte.

Aber, wie es sich beim Gespräch über heikle Themen, zumal das der sexuellen Inversion, ergibt, nahm der oder jener zuweilen grinsend zu einem Dialektwort seine Zuflucht, das bei uns durch den Gegensatz zur Sprache der Gebildeten immer besonders derb wirkt, um dann allerdings, nicht ohne eine gewisse Melancholie, ein »na, schön« hinzuzusetzen.

»Aber, was für ein seltsamer Kauz!«

»Wie ist es nur möglich, daß wir nicht früher darauf gekommen sind?«

Aber sie sagten es lächelnd, als wäre es ihnen nicht gar so unangenehm, daß sie erst so spät das Laster Fadigatis entdeckt hatten (mehr als zehn Jahre hatten sie dazu gebraucht!); vielmehr schienen sie in gewisser Weise dadurch beruhigt.

Im Grunde, meinten sie mit einem Achselzucken, warum sollte man nicht auch in der schmählichsten Verirrung den Stil des Mannes anerkennen?

Denn was sie vor allem andern zur Nachsicht gegenüber Fadigati bewog, ja, nach der ersten Reaktion von Beunruhigung und Verblüffung, beinahe zur Bewunderung, war sein Stil. Ich meine mit Stil in erster Linie seine Zurückhaltung, die Mühe, die er sich offenbar bisher gegeben hatte und sich auch weiterhin gab, seine Neigungen zu verbergen und keinen Anstoß zu erregen. – Jetzt, sagte man, jetzt, da sein Geheimnis nicht länger ein Geheimnis ist, weiß man auch endlich, wie man sich ihm gegenüber zu verhalten hat. Bei hellem Tageslicht grüßt man ihn mit gezogenem Hut; am Abend dagegen tut man so, selbst wenn man im Gedränge der Via San Romano geradezu aufeinander gestoßen wird, als erkennte man ihn nicht. Wie Frederic March in dem Film *Dr. Jekyll,* so führte auch Doktor Fadigati ein Doppelleben. Aber wer führte es nicht?

Wissen hieß soviel wie verstehen, hieß: nicht mehr neugierig sein und die Dinge auf sich beruhen lassen.

Wenn sie früher ein Kino betreten hatten, erinnerten sie sich jetzt, dann war es ihre Hauptsorge gewesen, sich zu vergewissern, ob nicht Fadigati wie üblich auf den allerletzten Plätzen zu sehen war. Sie kannten seine Gewohnheiten und hatten bemerkt, daß er sich niemals setzte. Über die Balustrade der Galerie gelehnt, hatten sie den Blick ins Dunkel gebohrt und ihn in der Tiefe gesucht, irgendwo an der schmutzigen Wand in der Nähe der Sicherheitsausgänge und der Toiletten. Sie hatten den Grund seines Verhaltens nicht begreifen können. Vielleicht hatten sie sich gerade deshalb erst beruhigt, wenn sie das charakteristische Funkeln bemerkt hatten, das hin und wieder von seiner goldenen Brille durch Rauch und Dunkelheit drang: ein kleiner aufflackernder Blitz, der aus einer wahrhaft unendlichen Ferne rührte ... Jetzt hingegen! Was machte es ihnen aus, wenn sie gleich bei ihrem Eintritt seine Anwesenheit feststellten? Und warum, andrerseits, sollten sie wie einst voller Unbehagen dem Augenblick entgegensehen, in dem es im Zuschauerraum wieder hell wurde? Wenn es in Ferrara einen bürgerlichen Herrn gab, dem das Recht zustand, einen der billigen volkstümlichen Parkettplätze zu nehmen und nach Lust und Laune und in aller Angesicht unterzutauchen in die fürchterliche Unterwelt der Sitze für eine Lire und zwanzig Centesimi, dann konnte das nur Fadigati sein.

Nicht anders reagierte man im Klub der Kaufleute und in der »Concordia« an den zwei oder drei Abenden des Jahres, an denen er dort auftauchte (er war, wie gesagt, Mitglied beider Klubs seit 1927).

Blickte man früher mit einem Ausdruck von Erstaunen und Bestürzung auf, wenn er durch den Billardsaal schritt und, ohne vor den Poker- oder Ecartétischen haltzumachen, weiterging, lösten sich heute nur sehr wenige Blicke vom grünen Tuch, um ihm bis zur Tür zur Bibliothek zu folgen. Es stand ihm frei, sich in die Bibliothek zurückzuziehen, in der es außer ihm keine Menschenseele gab und wo auf dem Lederbezug der Klubsessel ein schwacher Widerschein des Kaminfeuers lag, und dort bis Mitternacht und darüber hinaus sich in die Lektüre des wissenschaftlichen Werkes zu versenken, das er von zu Hause mitgebracht hatte – niemand fand mehr an solcher Wunderlichkeit etwas auszusetzen.

Aber es ging noch weiter. Von Zeit zu Zeit reiste er, oder, um es mit seinen Worten zu sagen, er leistete sich einen »Ausbruch aus dem Alltag« – zur »Biennale« nach Venedig oder zum »Maggio Musicale« nach Florenz. Nun, da die Leute Bescheid wußten, konnte es vorkommen, daß man ihm spät in der Nacht im Zuge begegnete, wie es zum Beispiel einer kleinen Reisegesellschaft erging, die im Winter 1934 aus Ferrara nach Florenz zu einem Fußballspiel fuhr, ohne daß sich irgendwer eine maliziöse Bemerkung erlaubt hätte in der Art »Schau, schau, wen trifft man da!«, wie sie sonst unvermeidlich sind, wenn sich zwei Bürger Ferraras außerhalb des engen Gebiets begegnen, das von den parallelen Flußdämmen des Reno und des Po begrenzt wird. Nach der dringenden Aufforderung, in ihrem Abteil Platz zu nehmen, hörten sich unsere braven Sportler, die sicherlich keine Musikschwärmer waren (allein bei der Nennung des Namens Wagner schienen sie in einen Ozean von Traurigkeit zu versinken!) gutmütig einen leidenschaftlichen Bericht Fadigatis über die Tristan-Aufführung an, die Bruno Walter an diesem Nachmittag im *Comunale* von Florenz geleitet hatte, und über die bewunderungswürdige Interpretation, die der »deutsche Meister« von diesem Werk vermittelt hatte, zumal vom zweiten Akt, der jedoch, wie er sagte, »nur eine einzige lange Liebesklage« sei. Er sprach von der Bank – diesem offenkundigen Symbol des Hochzeitslagers –, auf der die beiden Liebenden gesessen und drei Viertelstunden lang hintereinander gesungen hätten. Während er ausführlich von der Bank und dem blühenden Rosengarten, in dem sie stand, während er von der Liebesnacht Tristans und Isoldens sprach und von ihrem erhabenen »ewige Nacht«, schloß Fadigati die Augen hinter den Gläsern, ein hingerissenes Lächeln auf den Lippen. Die anderen ließen ihn gewähren, ohne ein Sterbenswörtlein zu sagen, und warfen sich nur gelegentlich einen verstohlenen Blick zu.

Fadigati trug durch sein formell einwandfreies Benehmen selbst dazu bei, eine Atmosphäre so weitgehender Duldsamkeit um sich zu schaffen.

Was konnte man schließlich an Konkretem über ihn erzählen? Im Gegensatz zu dem, worauf man in dieser Hinsicht bei Donna Laura Grillenzoni gefaßt sein mußte, einer mehr als siebzig Jahre zählenden Dame unserer besten Gesellschaft, deren stürmische Verführungsszenen in aller Munde waren – ihre Opfer waren der Bursche aus dem Kolonialwarenladen oder der Metzgergeselle, die bei ihren morgendlichen Liefergängen in ihr Haus gekommen waren (und immer wieder gab es eine neue Geschichte über sie, die man belachte und freilich auch, wie sich versteht, beklagte), im Gegensatz dazu bot das Liebesleben Fadigatis jede Gewähr, stets die Grenzen der Dezenz zu wahren.

Davon erklärten sich seine vielen Freunde und alle, die ihn schätzten, vollkommen überzeugt. Zwar – dies mußten sie zu-

geben – stellte er sich im Kino immer in die Nähe von Soldatengruppen, was das Gerede von seiner angeblichen »Schwäche« für Soldaten zu begründen schien. Andrerseits – so versicherten sie energisch – hatte man auch noch nie beobachtet, daß der Ärmste sich den Soldaten über eine bestimmte Grenze hinaus genähert hätte oder in Begleitung eines von ihnen auf der Straße erschienen wäre; ebensowenig hatte man es erlebt, daß je einer der jungen *Lancieri*, der Lanzenreiter des Kavallerieregiments Pinerolo, mit der hohen Pelzmütze übers Auge gezogen und den schweren, rasselnden Säbel unterm Arm, die Schwelle seines Hauses zu verdächtiger Stunde überschritten hätte. Blieb sein Gesicht, zugegeben: fett, aber grau und mit den von einer geheimen und steten Begierde gespannten Zügen. Allein sein Gesicht sprach davon, daß er *suchte*. Soweit es sich aber um das Finden handelte (wie und wo) – wer vermochte darüber mit der nötigen Sachkenntnis etwas zu sagen?
Von Zeit zu Zeit hörte man allerdings auch darüber etwas. Mit der gleichsam widerstrebenden Langsamkeit, mit der hin und wieder vom Schlammgrund mancher Teiche eine Luftblase aufsteigt und an der Oberfläche zerplatzt, so tauchten im Abstand von Jahren Namen auf, wurden Personen bezeichnet und nähere Umstände genannt.
Ich erinnere mich noch gut, daß um 1935 der Name Fadigatis mit dem eines gewissen Manservigi in Verbindung gebracht wurde, eines Schutzmanns mit starrblickenden blauen Augen, den wir Jungen manchmal, wenn er nicht mit großer Gebärde den Verkehr an der Kreuzung des Corso Roma und Corso Giovecca regelte, zu unserer Überraschung auf dem »Montagnone« fanden, wo er, fast nicht wiederzuerkennen in seinem schlichten Zivil, einen Zahnstocher im Munde, unseren endlosen Fußballpartien zusah, die sich oft bis über den Einbruch der Dunkelheit hinaus hinzogen. Später, um 1936, hörte man von einem anderen: einem gewissen Trapolini, Amtsdiener im Rathaus, einem sanften, schmeichlerischen Menschen, der

verheiratet und Familienvater war und für seine Frömmigkeit wie seine Vorliebe für die Oper bekannt war. Noch später – es war in den ersten Monaten des Spanienkrieges – wurde der knappen Liste der »Freunde« Fadigatis der Name eines früheren Fußballspielers des Sportvereins *Estense* hinzugefügt. Von dunklem Teint, schlaff geworden und mit ergrauten Schläfen, war es tatsächlich Baùsi, Olao Baùsi, der in den zwanziger Jahren – wer erinnerte sich nicht an ihn? – so etwas wie ein Abgott der sportliebenden Jugend von Ferrara gewesen war und der in wenigen Jahren soweit heruntergekommen war, daß er von den schlimmsten Gelegenheitsverdiensten lebte.

Also: keine Soldaten. Nichts, das sich je in der Öffentlichkeit abgespielt hätte, und sei es nur in der Phase der Annäherung; niemals ein Skandal. Wohl aber sorgfältig geheimgehaltene Beziehungen zu Männern mittleren Alters aus bescheidenen Verhältnissen, in untergeordneter Stellung. Kurz gesagt, mit Menschen, die von Natur verschwiegen oder zumindest zur Diskretion verpflichtet waren.

Um drei oder vier Uhr nachts sickerte fast immer noch ein wenig Licht durch die Jalousien der Wohnung Fadigatis. In die Stille der Gasse – nur unterbrochen von den seltsamen Seufzern der Uhus, die in schwindelnder Höhe auf dem kaum sichtbaren Gesims des Doms nisteten – drangen verwehte Takte einer göttlichen Musik – von Bach, Mozart, Beethoven oder Wagner, ja, Wagner vor allem, vielleicht weil die Musik Wagners wie keine andere geeignet war, gewisse Stimmungen zu beschwören. Die Vorstellung, daß zu eben dieser Stunde der Schutzmann Manservigi oder der Amtsdiener Trapolini oder der einstige Fußballspieler Baùsi Gast des Arztes sei, konnte den letzten Nachtschwärmer, der gerade durch die Via Gorgadello kam, vollkommen unbekümmert lassen.

4

1936 – vor nunmehr zwanzig Jahren – legte der Zug, der jeden Morgen kurz vor sieben Uhr von Ferrara abfuhr, die fünfundvierzig Kilometer lange Strecke bis Bologna in nicht weniger als einer Stunde und zwanzig Minuten zurück.

Wenn alles glatt ging, kam der Zug in Bologna gegen ein Viertel nach acht an. Meistens aber bog er, auch wenn er auf der geraden Strecke hinter Corticella mit höchster Geschwindigkeit gefahren war, mit einer Verspätung von zehn bis fünfzehn Minuten in die breite Kurve ein, die in den Bahnhof von Bologna führt. (Wenn er obendrein keine Einfahrt hatte, konnte aus den fünfzehn Minuten eine halbe Stunde werden.) Freilich, es waren nicht mehr die Zeiten des alten Ciano, in denen es vorkam, daß der Verkehrsminister persönlich auf das Eintreffen bestimmter Züge wartete, nervös auf dem Bahnsteig auf und ab gehend, wobei er jeden Augenblick seine große Uhr aus der Westentasche zog. Der Eilzug um sechs Uhr fünfzig aber machte wirklich, was er wollte. Er schien sich um die Regierung und ihre stolze Behauptung, auch die Staatsbahnen zu rigoroser Pünktlichkeit erzogen zu haben, gar nicht zu kümmern. Zugegeben, daß die Regierung wenigstens in diesem Fall dazu neigte, nicht nur ein, sondern beide Augen zuzudrücken. Der Frühzug aus Ferrara durfte mit einer Verspätung von einer halben Stunde und mehr auf dem Bahnhof von Bologna einfahren, wen kümmerte es, wer achtete darauf? Der für ihn reservierte Bahnsteig Nummer sechzehn, halb von Gras überwachsen und ohne Schutzdach, war der letzte – er grenzte an offenes Land vor der Porta Galliera. Er sah wirklich so aus, als hätte man ihn vergessen.

Für gewöhnlich bestand der Zug nur aus sechs Wagen, fünf der dritten und einem der zweiten Klasse.

Ich erinnere mich an die Dezembermorgen von Ferrara, an die dunklen Morgen in unseren Studentenjahren, als wir mit dem Wecker aufstehen mußten. In der Straßenbahn, die sich rasselnd in halsbrecherischem Tempo auf die Stadtzollschranke des Viale Cavour zu bewegte, hörten wir immer wieder den Pfiff der fernen, unsichtbaren Lokomotive. Es war, als wollte sie drohen: »Gebt acht, ich fahre ab!« Oder auch: »Ihr braucht euch nicht mehr zu beeilen, Kinder, ich bin längst fort.« Aber nur die frisch immatrikulierten Studenten und Studentinnen drangen aufgeregt auf den Wagenführer ein, daß er das Tempo steigere. Wir anderen hingegen, einschließlich Eraldo Deliliers, der sich in ebendiesem Jahre in Bologna für Staatswissenschaften hatte einschreiben lassen und also ein Neuling war, sich jedoch mit der Ungezwungenheit und dem Gleichmut eines älteren Studenten bewegte – wir anderen wußten wohl, daß der Eilzug um sechs Uhr fünfzig niemals Ferrara verlassen hätte, bevor nicht wir eingestiegen waren. Die Straßenbahn hielt endlich vor dem Bahnhof; wir sprangen hinunter, und wenige Augenblicke später befanden wir uns im Zug, der von Zeit zu Zeit überall weißen Dampf ausstieß, doch, wie vorausgesehen, unbeweglich auf dem Gleis stand. Als letzter stieg stets Deliliers ein. Er kam gemächlichen Schritts und gähnend daher. Ja, häufig kam es vor, daß wir ihn, weil er eingeschlafen war, mit Gewalt von der Trambahn herunterziehen mußten.

Die Wagen der dritten Klasse waren – man kann sagen – ganz für uns. Abgesehen von ein paar Handelsreisenden oder einer Gesellschaft abgezehrter Varietékünstler, die im Wartesaal genächtigt hatte – mit den Tänzerinnen suchte man sich zuweilen während der Reise anzufreunden –, reiste um diese morgendliche Stunde niemand von Ferrara ab.

Das will aber keinesfalls bedeuten, daß der Sechs-Uhr-fünfzig-Zug immer nur halbleer an seinem Ziel angelangt wäre!

Im Verlauf seiner gemächlichen Reise aus der Stockfinsternis von Ferrara in das Licht so mancher Morgen in Bologna – ein starkes, blitzendes Licht, mit dem Berg, weiß vom Schnee, mit der Kirche Madonna di San Luca, und den Grünspankuppeln der Kirchen, die sich gleichsam im Relief von dem roten Meer der Türme und Dächer abheben –, im Verlauf dieser Reise nahm der Zug nach und nach auf den kleinen und kleinsten Stationen, die an seiner Strecke lagen, immer neue Fahrgäste auf.

Es waren Jungen und Mädchen, die die höhere Schule besuchten; Volksschullehrer und Lehrerinnen; kleine Landwirte, Halbpächter und Viehhändler, die man an ihrem weiten Umhang, am tief in die Stirn gezogenen Filzhut und am Zahnstocher oder einer halbgerauchten Toscana-Zigarre zwischen den Lippen erkannte: Leute vom Lande, die bereits den plumpen Bologneser Dialekt sprachen, und vor deren näherer Berührung wir uns dadurch schützten, daß wir uns in zwei oder drei aneinander anstoßenden Abteilen verbarrikadierten. Der Ansturm des ländlichen Elements begann in Poggio Renatico, einen Kilometer vor dem Deich am linken Ufer des Reno. Er wiederholte sich kurz hinter der eisernen Brücke in Galliera, dann in San Giorgio di Piano, in San Pietro in Casale, in Castelmaggiore und in Corticella. Wenn der Zug in Bologna einfuhr, ergoß sich aus den geöffneten Abteiltüren gleichsam mit der Gewalt einer Explosion eine lärmende Menge von mehreren hundert Personen auf den Bahnsteig des Gleises Nummer sechzehn.

Aber mit diesem einzigen Zweiter-Klasse-Wagen fuhr niemand bis zu einem gewissen Zeitpunkt, und zwar bis zum Winter 1936/37.

Das Begleitpersonal des Zuges, ein ständiges Quartett, das auf den Eilzügen zwischen Ferrara und Bologna fünf- oder sechsmal täglich hin- und herfuhr, hielt in diesem Wagen jeden Morgen eine Sitzung in Kartenspielen wie *Scopa* oder *Tresette* ab. Wir hatten uns bereits derart daran gewöhnt, daß der Zweite-Klasse-Wagen praktisch reserviert war für den Zugführer, den Kontrolleur, den Bremser und den Unteroffizier der Eisenbahnmiliz (alle vier so freundlich und entgegenkommend, wie man nur wollte, zumal, wenn sie es mit Studenten vom GUF[2] zu tun hatten, aber eisern entschlossen, jeder unberechtigten Benützung der zweiten Klasse zu wehren); es schien uns, mit anderen Worten, bereits derart natürlich, in diesem Wagen eine Art Klubraum des Eisenbahner-*Dopolavoro*[3] zu sehen, daß wir zunächst gar nicht bemerkt hatten, daß Doktor Fadigati neuerdings zweimal wöchentlich nach Bologna reiste und zwar mit einer Fahrkarte der zweiten Klasse.

Freilich, es war nur eine Frage der Zeit.

Ich schließe die Augen, und ich sehe vor mir die breite asphaltierte Straße, den Viale Cavour, vollkommen menschenleer vom Kastell bis zur Stadtzollschranke, mit den Straßenlaternen, die in langer Reihe in einer Entfernung von fünfzig Metern voneinander stehen und zu dieser Stunde noch alle brennen. Der Trambahnfahrer Aldrovandi, von dem man im Innern des Wagens nur den gleichsam erzürnten Buckel sieht, bringt sein klappriges Gefährt auf höchste Geschwindigkeit. Aber plötzlich, knapp bevor die Straßenbahn die Zollschranke erreicht, überfällt uns von hinten, überholt uns blitzschnell ein Auto, ein Taxi, mit dem charakteristischen wie erstickten Geräusch des Lancia-Motors. Es ist eine grüne *Astura* – wie immer. An jedem Dienstag und Freitagmorgen überholt sie uns ungefähr an der gleichen Stelle des Viale Cavour. Das Taxi fährt so schnell, daß, als wir mit unserer Trambahn, die mit fürchterlichem Rattern zum Endspurt ansetzt, am Bahnhofsplatz ankommen, nicht nur sein Fahrgast bereits ausgestiegen ist (ein korpulenter Herr mit Schlapphut mit weißem Rand, goldener Brille und in einem Mantel mit Pelzkragen), sondern daß es auch wieder kehrtgemacht hat und nun in die entgegengesetzte Richtung, zum Stadtzentrum, fährt.

Wer aber hatte zuerst die allgemeine Aufmerksamkeit auf den Herrn im Taxi gelenkt, auf den Herrn mehr als auf das Taxi? Gewiß, in der Straßenbahn schlief Deliliers für gewöhnlich, das blond gelockte Haupt zurückgelehnt an die hölzerne Kopfleiste. Trotzdem glaube ich, daß er es war, der etwa

Mitte Februar 1937, als sich mehrere Hände ausstreckten, um ihm in den Zug zu helfen – immer etwas mehr Hände als nötig – und er sich beinahe wie eine Last hinaufziehen ließ, ja, ich möchte schwören, daß es gerade Deliliers war, der laut feststellte, daß das Zweite-Klasse-Abteil einen Dauer-Fahrgast in Gestalt des Herrn aus dem Taxi gewonnen habe, einen ständigen und zahlenden Fahrgast, und daß dieser kein Geringerer war als Doktor Fadigati.

»Fadigati? Wer ist das?« fragte eines der jungen Mädchen verblüfft, Bianca Sgarbi, genau gesagt, die ältere der beiden Schwestern Sgarbi (ihre um drei Jahre jüngere Schwester Attilia, die noch das Gymnasium besuchte, kannte ich zu jener Zeit, Anfang 1937, noch nicht).

Ihre Frage wurde mit großem Gelächter aufgenommen. Deliliers hatte sich gesetzt und zündete sich eine Zigarette, Marke *Nazionale,* an. Er hatte die Angewohnheit, die Zigarette immer an dem Ende anzuzünden, an dem der Name der Marke stand, und er achtete jedesmal sehr sorgsam darauf, sich ja nicht zu irren.

Bianca Sgarbi, die mit großer Unlust ihr drittes philosophisches Jahr absolvierte, war damals so gut wie verlobt mit Nino Bottecchiari, dem Neffen des ehemaligen sozialistischen Abgeordneten. Obwohl sie miteinander gingen, wie man in Ferrara sagt, war das Einvernehmen zwischen ihnen nicht sehr gut. Sie war von überschwenglichem Wesen und, gleichsam von einer Vorahnung des traurigen Geschicks erfüllt, das die Jugend unserer Generation, und sie insbesondere, erwartete – als Witwe eines Fliegeroffiziers, der 1942 über Malta abstürzte, endete sie, mit zwei Söhnen, für deren Erziehung sie zu sorgen hatte, als Hilfskraft im Luftfahrtministerium in Rom –, mochte sie keine Bindung eingehen und vergnügte sich damit, mit jedem, der ihr dazu gelegen kam, zu kokettieren und praktisch von einem Flirt zum andern zu eilen.

»Also, kann man vielleicht erfahren, wer das ist?« wieder-

holte Bianca ihre Frage in einem weichen Tonfall, zu Deliliers geneigt, der ihr gegenübersaß.
Neben Deliliers in die Ecke an der Abteiltür gekauert, litt stumm der arme Nino.
»Ach, ein alter Päderast«, verkündete schließlich Deliliers ruhig, wobei er den Kopf hob und unsere Gefährtin gerade in die Augen sah.

5

Eine Zeitlang blieb Fadigati weiterhin während der ganzen Fahrt allein in seinem Zweiter-Klasse-Abteil.
An den Stationen San Giorgio di Piano oder San Pietro in Casale stieg abwechselnd einer von uns aus, mit dem Auftrag, in der kleinen Bahnhofswirtschaft etwas Eßbares zu kaufen: Brötchen, mit einer rohen, kaum verwursteten Salami belegt, oder Mandelschokolade, die nach Seife schmeckte oder auch halb verschimmelte Kekse. Blickte man im Vorübergehen auf den haltenden Zug, Abteil um Abteil, entdeckte man plötzlich Doktor Fadigati hinter der dicken Fensterscheibe seines Abteils, wie er die Menschen beobachtete, die über die Geleise liefen und auf die Wagen der dritten Klasse zueilten. Nach dem Ausdruck gramvollen Neids in seinem Gesicht, nach den sehnsüchtigen Blicken, mit denen er der kleinen ländlichen Menge, die uns so unerträglich schien, folgte, hätte man auf einen Häftling schließen können: einen prominenten Verbannten auf dem Transport nach Ponza oder den Isole Trémiti, wo er wer weiß wie lange bleiben mußte. Zwei oder drei Abteile weiter erkannte man hinter einer ebenso dicken Fensterscheibe den Zugführer und seine drei Freunde. Unbeirrt fuhren sie fort, Karten zu spielen, eng zusammengedrängt zu debattieren und mit den Händen zu gestikulieren.
Wie vorauszusehen war, sah man ihn jedoch bald darauf durch

die Abteile der dritten Klasse schlendern. Die Verbindungstür war stets abgeschlossen. Um sie sich aufschließen zu lassen, mußte er sich jedesmal – wie er später selbst berichtete – an den Kontrolleur wenden.

»Verzeihen Sie, meine Herren«, bat er, indem er den Kopf in das Spielhöllenabteil steckte, »könnte ich bitte in die dritte Klasse gehen?«

Aber er störte sie, wie er nur allzu gut bemerken konnte. Der Kontrolleur ging ihm auf dem Gang voran, den Schlüssel in der Hand, mit dem Schritt des Kerkermeisters und in einer unhöflichen Weise brummend und schnaufend. Endlich entschloß sich Fadigati zu selbständigem Handeln. Er wartete die erste Station, Poggio Renatico, ab. Der Eilzug hielt hier drei bis fünf Minuten. Zeit genug um auszusteigen und in den nächsten Wagen wieder einzusteigen.

Trotzdem möchte ich nicht behaupten, daß sich nun sogleich im Zug ein erster Kontakt zwischen Fadigati und uns ergeben hätte. Ich habe den Eindruck, daß das in Bologna, auf der Straße, geschah, wenn ich auch nicht mit Sicherheit anzugeben wüßte, auf welcher Straße. (Vielleicht war ich damals nicht dabei gewesen, und die andern hatten mir später davon erzählt, oder ich vermag mich nach so vielen Jahren nicht mehr genau daran zu erinnern.)

Vielleicht kam er vom Bahnhof, während wir auf die Straßenbahn von Mascarella warteten. Da stehen wir alle zusammen, etwa zehn Personen, die den größeren Teil der vor dem Parkplatz gelegenen Verkehrsinsel mit der Straßenbahnhaltestelle besetzen. Die Sonne funkelt auf den schmutzigen Schneehügeln, die in regelmäßigen Abständen auf dem weiten Platz aufgeschichtet sind. Der Himmel darüber ist von einem tiefen Blau, in dem das Licht vibriert.

Und Fadigati, der an der gleichen Haltestelle auf die Straßenbahn wartet (vor einem Augenblick ist er als letzter dazugekommen), fällt, um in ein Gespräch zu kommen, nichts Besseres ein, als eine sich von selbst anbietende Betrachtung über

»das schöne, beinahe schon frühlinghafte Wetter«, oder gar über die Straßenbahn, die ein so gemütliches Tempo habe, daß es beinahe praktischer wäre, zu Fuß zu gehen. Es sind allgemeine, durchaus banale Redensarten, halblaut hingesprochen und an niemand im besonderen gerichtet, vielmehr an alle und keinen. Als ob er uns nicht kennte oder, besser, nicht zuzugeben wagte, daß er uns und sei es nur vom Sehen, kannte. Aber am Ende genügt es, daß einer von uns, durch seine Unsicherheit und sein nervöses Lächeln, mit dem er seine vagen Betrachtungen über das Wetter und die Straßenbahn begleitet hat, in Verlegenheit gebracht, ihm mit einem Mindestmaß an Höflichkeit antwortet und ihn mit seinem Titel anspricht. Dann zeigt sich plötzlich die Wahrheit, nämlich, daß er uns alle ganz genau kennt, mit Namen und Vornamen, ungeachtet der Tatsache, daß wir in ein paar Jahren zu jungen Männern herangewachsen sind. Er weiß genau, wer unsere Eltern sind. Und wie sollte er es nicht wissen, wie sollte er es vergessen haben, da er uns doch als Kinder – »in dem Alter, in dem jedes Kind aus guter Familie sich immer mit Hals- oder Ohrenweh plagen muß« – er sagt es lachend –, da er uns also als Kinder mehr oder weniger alle einmal in seiner Sprechstunde gesehen hat?

Oft allerdings zogen wir es vor, statt die Tram zu nehmen und direkt bis zur Universität in der Via Zamboni zu fahren, zu Fuß durch die Arkaden der Via Indipendenza bis zum Zentrum zu gehen. Selten war Deliliers dabei. Kaum hatten wir den Bahnhof verlassen, verschwand er und wurde für gewöhnlich bis zum nächsten Morgen nicht wieder gesehen, weder in der Universität, noch im Restaurant noch irgendwo sonst. Alle andern aber blieben, in loser Reihe über den Bürgersteig verteilt, zusammen. Nino Bottecchiari war dabei, der Jura studierte, aber wegen Bianca Sgarbi ständig auf den Korridoren und in den Hörsälen der philosophischen Fakultät zu finden war und sich dort geduldig Vorlesungen über die sprödesten Themen anhörte: von lateinischer Grammatik angefangen bis zur Bibliothekographie. Und Bianca war dabei, mit blauer Baskenmütze und kurzer Kaninchenpelzjacke, Arm in Arm bald mit diesem, bald mit jenem, nur fast nie mit Nino, und dann nur, um mit ihm zu streiten. Sergio Pavani gehörte dazu wie Otello Forti, Giovannino Piazza, Enrico Sangiuliano und Vittorio Molon; der eine studierte Landwirtschaft, der andere Medizin, ein dritter Nationalökonomie. Und schließlich ich selber, der ich, abgesehen von Bianca Sgarbi, der einzige Philosophiestudent in unserer Gesellschaft war.

Nun, es ist nicht ausgeschlossen, daß an einem solchen Morgen, während wir unter den endlosen Arkaden der Via Indipendenza, die so hoch und so dunkel wie ein Kirchenschiff sind, dahinschlendern, vor einem Schaufenster mit Sportartikeln, einem Zeitungskiosk, stehenbleiben oder uns unter die Menge mischen, die, wie hypnotisiert von dem Sauerstoffgebläse, sich schweigend um eine Kolonne von Arbeitern, die ein Straßenbahngleis reparieren, sammelt – es ist, meine ich, wirklich nicht unmöglich, daß an einem dieser spätwinterlichen Morgen, an denen jede Ausrede gut genug ist, um den Augenblick hinauszuzögern, in dem man einen Hörsaal betritt, Doktor Fadigati, der uns schon eine Zeitlang gefolgt ist, sich unmerklich einem von uns zugesellt, zum Beispiel Nino Bottecchiari und Bianca Sgarbi, die ein wenig abseits, doch wie gewöhnlich unbekümmert darum, ob man sie hören kann, miteinander streiten.

Fadigati ist uns vom Bahnhof ab Schritt um Schritt gefolgt, ständig, wenn ich so sagen darf, um uns herumsummend. Wir haben es sehr wohl bemerkt. Grinsend, uns mit dem Ellenbogen anstoßend, haben wir sogar davon gesprochen.

Auf einmal tritt er, sich räuspernd, neben Nino und Bianca, und man hört ihn mit der neutralen Stimme – dem vage unpersönlichen Tonfall, mit dem er Unbekannte anspricht, von denen er noch nicht weiß, wie sie seine Worte aufnehmen werden –, etwas sagen.

»Seid brav, Kinder!« ermahnt er sie. Und auch diesmal ist

es, als spräche er in die Luft, nicht zu bestimmten Personen.
Doch dann fügt er hinzu, indem er Bianca einen schüchternen, zögernden Blick zuwirft, in dem aber auch etwas Komplicenhaftes liegt, etwas wider Willen Komplicenhaftes und eine gewisse Solidarität:
»Und Sie, Signorina, seien Sie freundlich; seien Sie etwas nachgiebiger. Das ist die Rolle der Frau, wissen Sie es nicht?«
Er scherzt, der arme Kerl. Bianca lacht laut auf. Auch Nino lacht. So kommen wir denn zusammen unter Gesprächen über dies und das bis zur Piazza del Nettuno. Vielmehr, bevor wir uns trennen, können wir nicht umhin, einen Kaffee von ihm anzunehmen.
Kurz und gut, wir werden Freunde. Jedenfalls ist in den zwei oder drei Dritter-Klasse-Abteilen, in denen wir uns zu verbarrikadieren pflegen (jetzt schon grün, frisch und leuchtend, zieht im Geviert des Abteilfensters das Land vorüber), an jedem Dienstag- und Freitagmorgen auch ein Platz für Doktor Fadigati reserviert.

6

Er hatte es sich, wie er sagte, in den Kopf gesetzt, Privatdozent zu werden; deswegen fuhr er zweimal wöchentlich nach Bologna. Nun aber, da er Reisegesellschaft gefunden hatte, wurden ihm diese regelmäßigen Fahrten nicht mehr so lästig.
Er saß ruhig auf seinem Platz und beschränkte sich darauf, unseren täglichen Diskussionen zuzuhören, deren Themenkreis Sport und Politik, Literatur und Philosophie einschloß, ja, zuweilen selbst die Liebe, und hin und wieder ein Wort fallen zu lassen, während er uns von seinem Platz aus mit väterlich-nachsichtigem Blick betrachtete. Für viele von uns war er in einem gewissen Sinne ein Familienfreund; unsere

Eltern suchten seine Sprechstunde in der Via Gorgadello seit nahezu zwanzig Jahren auf. Zweifellos dachte er an sie, wenn er uns ansah.
Wußte er, daß wir Bescheid wußten? Vielleicht nicht; vielleicht machte er sich über diesen Punkt noch Illusionen. Aus seinem Benehmen, seiner wohlerzogenen und bemühten Zurückhaltung, zu der er sich zwang, ging jedenfalls nur allzu deutlich der feste Vorsatz hervor, sich so zu verhalten, als ob in der Stadt niemals das Geringste über ihn erzählt worden wäre. Für uns, und gerade für uns, mußte er der Doktor Fadigati von einst bleiben, wie wir ihn als Kinder gekannt hatten, wenn er sich mit seinem großen Gesicht, das hinter dem Kopfspiegel halb verborgen war, über unser Gesicht neigte. Wenn es überhaupt auf der Welt Menschen gab, denen gegenüber er versuchen mußte, den Schein zu wahren, dann waren wir es.
Überdies hatte sich sein Gesicht, von nahem gesehen, nicht sehr verändert. Die zehn oder zwölf Jahre, die uns nunmehr von dem Alter der Mandelentzündungen, Ohrenentzündungen und Nasenpolypen trennten, hatten in seinem Gesicht nur leichte Spuren hinterlassen. Gewiß, er hatte graue Schläfen bekommen. Aber sonst? Seine Wangen, die vielleicht ein bißchen fetter herabhingen, hatten noch immer die fahle Farbe von einst. Seine grobe und doch glatte Gesichtshaut, an der man die Poren erkannte, machte noch immer den Eindruck von Leder, von gut gegerbtem Leder. Dagegen hatten wir uns sehr viel mehr verändert – wir, die wir verstohlen und törichterweise (während er vielleicht den »Corriere della Sera« aus der Manteltasche zog und ihn in seiner Ecke, friedlich und freundlich-harmlos, las) auf seinem vertrauten Gesicht nach den Zeichen, beinahe hätte ich gesagt, nach den sichtbaren Brandmalen seines Lasters, seiner Sünde, suchten.
Mit der Zeit faßte er Vertrauen zu uns und begann, etwas mehr aus sich herauszugehen. Nach einem kurzen Frühling war der Sommer beinahe schlagartig gekommen. Schon am frühen Morgen war es warm. Das Grün der Bologneser Land-

schaft war tiefer, üppiger geworden; auf den von Maulbeerbaumreihen begrenzten Feldern stand der Hanf bereits hoch, färbte sich der Weizen golden.

»Mir ist, als wäre ich wieder Student«, wiederholte Fadigati des öfteren, während er hinaussah. »Als wäre die Zeit wiedergekommen, als auch ich – zwischen Venedig und Padua – hin und her fuhr ...«

Das war vor dem Krieg gewesen, erzählte er uns, in den Jahren von 1910 bis 1915.

Er hatte in Padua Medizin studiert und zwei Jahre lang täglich zwischen den beiden Städten pendeln müssen. Aber zu Beginn seines dritten Studienjahres hatten seine Eltern, stets um sein Herz besorgt, darauf bestanden, daß er sich ein Zimmer in Padua nähme. Und so hatte er in den drei folgenden Jahren (er promovierte 1915 summa cum laude) ein im Vergleich zu früher seßhaftes Leben geführt. An jedem Samstagmorgen aber stieg er in den Zug, um den Sonntag daheim zu verbringen. Venedig war zu jener Zeit am Sonntag gewiß keine heitere Stadt, am wenigsten im Winter. Aber Padua erst, mit seinen melancholischen, dunklen Laubengängen und mit dem Geruch nach gekochtem Rindfleisch aus allen Wirtshäusern, der an Feiertagen gleichsam in der Luft stillstand ... Im übrigen hatte er alle Mühe, am Montag wieder pünktlich zur Vorlesung zu kommen.

»Wer weiß, was Sie für ein Streber gewesen sind, Herr Doktor!« sagte Bianca einmal, die – so stark ist die Macht der Gewohnheit – selbst mit Fadigati kokettierte.

Er antwortete ihr nicht unmittelbar, sondern beschränkte sich darauf, ihr freundlich zuzulächeln.

»Ihr habt heutzutage den Sport, das Kino und gesunden Zeitvertreib aller Art«, fuhr er fort. »Wißt ihr, was zu meiner Zeit *die* Hauptquelle des sonntäglichen Vergnügens für die Jugend war? Das Ballhaus!«

Dabei verzog er den Mund, als hätte er einen weit abscheulicheren Ort genannt. In Venedig, so fügte er schnell hinzu,

habe er doch wenigstens sein Zuhause gehabt, den Vater und die Mutter, die Mutter vor allem – kurz, alles, woran seine heiligsten Gefühle hingen.
Wie hatte er sie angebetet, seine liebe Mama, erinnerte er sich mit einem Seufzer.
Intelligent, gebildet, schön und fromm: in ihr hatten sich alle Tugenden vereint. Ja, eines Morgens zog er – wobei ihm die Augen vor innerer Bewegung feucht wurden – eine Photographie aus der Brieftasche, ein kleines, verblichenes Oval, das wir von Hand zu Hand gaben. Es stellte eine Frau in mittlerem Alter dar, in einem Kleid aus dem vorigen Jahrhundert, die einen sanften Ausdruck zeigte, im ganzen aber ziemlich unbedeutend wirkte.
Vittorio Molon war der einzige von uns, dessen Familie nicht aus Ferrara stammte. Grundbesitzer aus Fratta Polesine, waren die Molon erst seit fünf oder sechs Jahren auf diese Seite des Po übergesiedelt. Und man konnte es hören: denn Vittorio hatte, zumal, wenn er Schriftitalienisch sprach, vollkommen den venezianischen Tonfall bewahrt.
Eines Tages fragte ihn Fadigati, ob seine Familie wohl zufällig aus Padua stammte.
»Ich frage deshalb«, erklärte er, »weil ich seinerzeit in Padua bei einer Witwe in Pension lebte, die Molon hieß, Elsa Molon. Das kleine Haus von Frau Molon lag in der Via San Francesco in der Nähe der Universität, und hinten ging es auf einen großen Gemüsegarten. Ach, was für ein Leben führte ich! In Padua hatte ich weder Verwandte noch Freunde, nicht einmal unter meinen Studiengenossen.«
Worauf er, scheinbar abschweifend – es war das einzige Mal, daß er gleichsam einen Spalt öffnete, durch den seine große literarische Bildung sichtbar wurde, als hätte er sich auch in dieser Beziehung eine strikte Zurückhaltung auferlegt – worauf er, also, von einer Novelle zu sprechen begann, von, ich weiß nicht mehr, welchem englischen oder amerikanischen Schriftsteller des neunzehnten Jahrhunderts, die in Padua, wenn ich mich

recht erinnere, gegen Ende des sechzehnten Jahrhunderts spielte.
»Der Held dieser Novelle ist ein einsamer Student, wie ich es vor dreißig Jahren war«, erklärte er. »Er lebt, wie damals ich, in einem gemieteten Zimmer, das auf einen großen Garten geht, in dem eine Menge giftiger Bäume stehen ...«
»Giftige Bäume?!« unterbrach ihn Bianca, die himmelblauen Augen weit aufgerissen.
»Ja, giftige Bäume«, bestätigte er.
»Der Garten, den ich von meinem Fenster aus sah, war allerdings nicht giftig – beruhigen Sie sich, mein Fräulein. Es war ein ganz normaler Nutzgarten, aufs beste bestellt von einer Landwirtsfamilie Scagnellato, die in einem Häuschen wohnte, das sich an die Apsis der Kirche San Francesco lehnte. Oft ging ich mit einem Buch in der Hand in den Garten, zumal an Spätnachmittagen im Juli, unmittelbar vor dem Examen. Die Scagnellato, die mich oft zum Abendessen einluden, waren die einzige paduanische Familie, mit der ich mich angefreundet hatte. Sie hatten zwei Söhne, zwei hübsche Jungen, so lebendig, so sympathisch, so ... Sie arbeiteten zwischen den Pflanzen auf den Saatfeldern, bis es dunkel wurde. Zu dieser Stunde sprengten sie den Garten. Ach, wie gut roch der Mist!«
Die Luft des Abteils war grau vom Rauch unserer *Nazionali*. Aber er sog die Luft mit vollen Lungen ein, wobei er die Augen hinter den Brillengläsern halb schloß und seine Nasenlöcher sich weiteten.
Es folgte ein langes und ziemlich beklemmendes Schweigen. Deliliers öffnete die Augen und gähnte geräuschvoll.
»Der Mist roch gut?« fragte Bianca indessen, mit einem kleinen nervösen Lachen. »Was Sie nicht sagen!«
Den Kopf vorstreckend, warf Deliliers einen schrägen, verachtungsvollen Blick auf Fadigati.
»Sprechen Sie nicht vom Mist, Herr Doktor«, sagte er und grinste, »erzählen Sie uns lieber etwas von den beiden Gärtnerburschen, die Ihnen so gut gefallen haben. Was haben Sie miteinander getan?«

Fadigati zuckte zusammen. Unter unseren Augen verwandelte sich sein großes Gesicht in eine schmerzliche Grimasse, als hätte es plötzlich eine gewaltige Ohrfeige empfangen.
»Wie . . . Was? . . .« stotterte er.
Angewidert erhob sich Deliliers. Nachdem er sich unhöflich einen Weg zwischen unseren Beinen gebahnt hatte, trat er auf den Gang hinaus.
»Der Flegel!« empörte sich Bianca und rieb sich das Knie.
Sie warf Deliliers, der draußen hinter den Scheiben der Gangtür wie in einer freiwilligen Verbannung stand, einen mißbilligenden Blick zu. Dann wandte sie sich an Fadigati:
»Warum erzählen Sie uns die Novelle nicht zu Ende?« schlug sie höflich vor.
Er aber wollte nicht, wie sehr ihn auch Bianca drängte. Er beteuerte, sich nicht mehr genau an den Gang der Handlung zu erinnern. Überdies, so schloß er mit einer Nuance melancholischer Galanterie, die besonders forciert klang: warum lag ihr so sehr daran, eine Geschichte zu hören, die, wie er ihr versichern konnte, schlecht endete?
Ein einziger Augenblick des Sichgehenlassens war ihm teuer zu stehen gekommen. Man begreift, daß er von jetzt an mehr denn je fürchtete, sich lächerlich zu machen.

7

Er begnügte sich mit einem Nichts, im Grunde, oder zumindest schien es so. In unserem Dritter-Klasse-Abteil sitzen, mit der Miene eines Alten, der sich still an einem gemütlichen Feuer wärmt – mehr wollte er nicht.
Kaum waren wir, zum Beispiel, in Bologna durch die Unterführung auf den Bahnhofsplatz gekommen, als er geschwind in ein Taxi stieg. Nach den ersten ein oder zwei Malen, bei denen er uns bis zur Universität begleitete, war es nie vorge-

kommen, daß er in unserer Nähe war, ohne daß wir nicht gewußt hätten, wie wir ihn wieder loswerden konnten. Er kannte – weil wir es ihm gesagt hatten – die billigen Trattorien genau, in denen er uns ungefähr um ein Uhr hätte treffen können: In der »Stella del Nord« in der Strada Maggiore oder »bei Gigino« am Fuß der beiden Schiefen Türme oder auch in der »Gallina Faraona« in San Vitale. Doch verschlug es ihn nie dorthin, soweit ich mich erinnere. Als wir einmal ein Lokal in der Via Zamboni betraten, um dort Billard zu spielen, entdeckten wir ihn an einem etwas abseits stehenden Tischchen vor einem Kaffee und einem Glas Wasser, in die Lektüre einer Zeitung vertieft. Sicherlich hatte er uns sofort bemerkt. Aber er gab vor, uns nicht zu sehen, vielmehr winkte er nach einigen Minuten den Kellner herbei, zahlte und stahl sich heimlich davon.

Mit anderen Worten, er war nicht aufdringlich oder lästig.

Und doch, wenn er sich auch, korpulent, wie er war, auf der Holzbank unseres Abteils so schmal machte, daß er nur den achten Teil des Platzes, wenn nicht weniger, einnahm, ließen wir es fast alle, ohne es eigentlich zu wollen, nach und nach an Respekt vor ihm fehlen.

Um die Wahrheit zu sagen, beging er einen neuen Fehler, nämlich als er eines Morgens während des Aufenthalts in San Pietro in Casale plötzlich, wer weiß warum, darauf bestand, auszusteigen und uns die üblichen Brötchen und Kekse in der Bahnhofswirtschaft zu besorgen. »Ich bin an der Reihe«, erklärte er und ließ sich durch nichts zurückhalten.

Wir sahen ihm also vom Zug aus zu, wie er ungeschickt die Gleise überquerte. Man konnte darauf wetten, daß er vergessen würde, wie viele Brötchen und wie viele Kekspackungen er kaufen mußte. Und genau das stellte sich heraus. Mit der Folge, daß wir uns wie betrunkene Rekruten aus dem Fenster hängten und ihm von weitem brüllend und hemmungslos lauthals lachend die widerspruchsvollsten Aufträge gaben; und daß er, immer konfuser und außer Atem kommend, als die

Minuten verstrichen, um ein Haar den Zug versäumt hätte. Was Deliliers betraf, so richtete er niemals das Wort an ihn, es sei denn, um ihn mit durchsichtigen Anspielungen, mit brutalen Zweideutigkeiten zu quälen. Aber selbst Nino Botecchiari, dem er als Kind die Mandeln herausgenommen hatte und den er als einzigen duzte, begann ihm die kalte Schulter zu zeigen. Und er? Es war seltsam und schmerzlich zu sehen: je mehr sich die Unhöflichkeiten Ninos und Deliliers häuften, um so größere Anstrengungen machte er in dem eitlen Versuch, ihnen sympathisch zu werden. Für ein gutes Wort, einen zustimmenden Blick oder ein vergnügtes Lächeln von ihnen beiden hätte er wer weiß was gegeben.
Mit Nino, der nach einstimmigem Urteil der Intellektuelle unserer Gruppe war und der im vergangenen Jahr in Venedig am Wettbewerb der *Littoriali* für Kunst und Kultur teilgenommen hatte (er war Fünfter in faschistischer Doktrin und Zweiter in Filmkritik geworden), mit Nino suchte er Gespräche anzuknüpfen, die unserem Kameraden Gelegenheit geben sollten, zu glänzen. So sprach er über Film und sogar über Politik, obschon er davon, wie er verschiedentlich versicherte, nicht eben viel verstand.
Aber er hatte kein Glück. Er traf nie das Richtige.
Er begann über Filme zu sprechen (hiervon verstand er etwas; verbrachte er doch seit Jahren so viele seiner Abende im Kino!), und schon fiel Nino geradezu hysterisch über ihn her, als gestände er ihm überhaupt nicht das Recht zu, über Filme zu sprechen, und als ob es genügte, daß Fadigati zum Beispiel die alten komischen Filme von Ridolini wundervoll fand, um seinerseits seine Meinung über sie vollkommen zu ändern.
Nach solcher Ablehnung versuchte er es mit der Politik. Der spanische Bürgerkrieg stand damals mit dem Sieg Francos und des Faschismus vor seinem Ende. Als Fadigati nun eines Morgens die erste Seite des »Corriere della Sera« überflog, äußerte er, in der Überzeugung, damit nichts zu sagen, was Nino oder irgendeinem von uns mißfallen könnte, vielmehr

unser aller Zustimmung sicher sei, äußerte er also die in der damaligen Zeit nicht seltene Meinung, daß der nahe bevorstehende Triumph »unserer Legionäre« doch eine großartige Sache sei. Indessen brach auf einmal das Unvorhersehbare über ihn herein. Wie elektrisiert und die Stimme dermaßen erhebend, daß Bianca es in einem bestimmten Augenblick für angezeigt hielt, ihm die Hand auf den Mund zu legen, begann Nino zu toben, daß dieser Sieg »vielleicht« im Gegenteil eine Katastrophe sei, daß er »vielleicht« der Anfang vom Ende sei, und daß er sich schämen solle, in seinen Jahren so »verantwortungslos« geblieben zu sein.

»Aber entschuldige, mein Junge... schau einmal... wenn ich vielleicht erklären darf...«, wiederholte Fadigati, bleicher als ein Toter. Vollkommen verwirrt durch diesen stürmischen Ausbruch, begriff er nichts. Er blickte im Kreis umher, als wollte er um eine Erklärung bitten. Aber wir waren selbst zu sehr aus der Fassung gebracht, um ihm Gehör zu schenken – ich vor allem, der noch ein Jahr zuvor bei einer unserer üblichen Diskussionen von Nino (Anhänger Gentiles und leidenschaftlicher Verfechter des sittlichen Staates!) den Vorwurf hören mußte, ich sei von »Croceschem Skeptizismus« durchdrungen... Und schließlich: sprachen die runden Augen Doktor Fadigatis wirklich nur von Entsetzen, oder stand in ihnen, wie sie so wach hinter den Brillengläsern leuchteten, nicht vielmehr eine bittere Genugtuung, eine kindliche, unerklärliche, verblendete Freude?

Ein andermal unterhielten wir uns über Sport.

Wenn Nino Bottecchiari in den Dingen des Geistes unsere Nummer eins war, so Deliliers unbezweifelbar im Sport. Ferrarese nur von mütterlicher Seite (sein aus Imperia oder Ventimiglia stammender Vater war 1918 an der Spitze seiner Kompanie »Arditi« am Monte Grappa gefallen) hatte auch er gleich Vittorio Molon in Ferrara nur die Oberstufe der höheren Schule besucht, und zwar die vier Jahre des wissenschaftlichen Zweigs. Aber diese vier Jahre hatten genügt, aus Eraldo, der

1935 der regionale Boxmeister in der Juniorenklasse der Mittelgewichte wurde und überdies ein sehr schöner Bursche war, eins achtzig groß und mit dem Gesicht und der Gestalt einer griechischen Statue, einen kleinen König in seinem Kreise zu machen. Schon schrieb man ihm, der noch nicht zwanzig Jahre alt war, drei oder vier aufsehenerregende Eroberungen zu. Eine Schulkameradin, die sich im gleichen Jahr das Leben nahm, in dem er die erwähnte Meisterschaft für die Emilia gewann, hatte, wie man sagte, um seinetwillen ihre Tat begangen. Er hatte sie, wie behauptet wurde, von einem Tag zum andern nicht mehr angesehen; worauf die Ärmste sich schnurstracks in den Po stürzte. Sicher ist, daß Eraldo Deliliers auch bei uns, im rein studentischen Milieu, nein, nicht geliebt, sondern geradezu vergöttert wurde. Für unsere Kleidung waren uns seine Anzüge Vorbild, die ihm seine Mutter unermüdlich bürstete, reinigte und bügelte. Am Sonntagmorgen neben ihm stehen zu können, mit dem Rücken an eine Säule der Arkaden des Cafés gelehnt, um die Beine der vorübergehenden Frauen zu mustern, galt allgemein als ein Privileg.

Kurz und gut, wir sprachen im Zug – es war gegen Ende Mai – mit Deliliers über Sport. Von der Leichtathletik kamen wir schließlich auf das Boxen. Deliliers zog im allgemeinen niemand sehr in sein Vertrauen. An jenem Tage jedoch teilte er sich ziemlich offen mit. Es passe ihm nicht, zu studieren, erklärte er uns, weil er zuviel Geld zum Leben brauche; darum wolle er sich, falls ihm ein gewisser »Coup«, den er im Schilde führte, gelingen sollte, nur noch dem Boxsport widmen.

»Berufsmäßig?« wagte Fadigati zu fragen.

Deliliers sah ihn an, wie man einen häßlichen Käfer betrachtet.

»Selbstverständlich«, antwortete er. »Haben Sie Angst, daß ich mir das Gesicht ruiniere, Herr Doktor?«

»Vom Gesicht will ich nicht reden, zumal es, wie ich sehe, über den Augenbrauen bereits stark gezeichnet ist. Aber ich fühle mich verpflichtet, Sie darauf aufmerksam zu machen, daß das Boxen, besonders, wenn es berufsmäßig ausgeübt wird, auf die Dauer eine zerstörerische Wirkung auf den Organismus ausübt. Säße ich in der Regierung, würde ich das Boxen verbieten – auch das Amateurboxen. Ich sehe darin weniger einen Sport als eine Art von legalem Mord. Die reine organisierte Brutalität.«

»Einen Augenblick, bitte!« unterbrach ihn Deliliers. »Haben Sie jemals Fechten gesehen?«

Fadigati sah sich gezwungen, zu verneinen. Als Arzt empfand er für Gewalttätigkeit und Blutvergießen nur Abscheu.

»Wenn Sie also niemals einen Fechtgang gesehen haben«, schnitt ihm Deliliers die Stimme erhebend das Wort ab, »warum sprechen Sie dann? Wer hat Sie um Ihre Meinung gebeten?«

Und wieder, während Deliliers diese Worte fast schreiend an ihn richtete und dann, ihm die Schulter zeigend, uns in sehr viel ruhigerem Ton erklärte, daß das Boxen »entgegen allem, was gewisse Trottel glauben mögen« im wesentlichen Spiel der Beine, Wahl des Zeitpunkts und Fechten, vor allem Fechten sei – wieder sah ich in den Augen Fadigatis das absurde, doch unmißverständliche Aufleuchten eines geheimen Glücks.

Nino Bottecchiari war unter uns der einzige, der Deliliers nicht verehrte. Das heißt, sie waren nicht Freunde, aber respektierten sich gegenseitig. Nino gegenüber mäßigte Deliliers merklich seine üblichen Gangster-Allüren; und Nino seinerseits benahm sich bei weitem nicht so professoral.

Eines Morgens waren Nino und Bianca nicht im Zuge (ich glaube, es war im Juni während der Examen). Wir waren nur zu sechst im Abteil, und es war keine Frau bei uns.

Ich hatte über ein leichtes Brennen im Hals geklagt. Fadigati, der sich erinnerte, daß ich als Kind im Entwicklungsalter des öfteren an Mandelabszessen gelitten hatte, erbot sich sogleich, einmal »nachzusehen«.

»Lassen Sie mal sehen.«

Er schob die Brille auf die Stirn, nahm meinen Kopf in seine Hände und begann, meinen Hals zu untersuchen.

»Sagen Sie *aaa*«, forderte er mich auf.
Ich gehorchte. Und während er noch meinen Hals untersuchte und mich wohlwollend und väterlich vor Erkältungen warnte, weil meine Mandeln – »wenn auch nachgerade ziemlich reduziert« – augenscheinlich meine ... Achillesferse geblieben seien, ließ sich plötzlich Deliliers vernehmen:
»Entschuldigen Sie, Herr Doktor. Würden Sie wohl so freundlich sein, sobald Sie fertig sind, auch bei mir einmal nachzusehen?«
Überrascht blickte ihn Fadigati an. Überrascht durch die Bitte und den ungewöhnlich freundlichen Ton, mit dem Deliliers sie vorgebracht hatte.
»Was fehlt Ihnen?« fragte er. »Haben Sie Schluckbeschwerden?«
Deliliers fixierte ihn mit seinen blauen Augen. Er lächelte, wobei er kaum die Schneidezähne sehen ließ.
»Ich habe gar keine Halsschmerzen«, sagte er.
»Wo tut's denn weh?«
»Da«, sagte Deliliers und zeigte auf seine Hose in der Leistengegend.
Dann erklärte er, kühl, gleichmütig, dabei nicht ohne eine Spur von Stolz, daß er seit etwa einem Monat an den Folgen eines »Geschenks der Mädchen aus der Via Bomporto« litt; er sprach von einer »Bescherung, die alles andere als eine Kleinigkeit« sei und derentwegen er unter anderem auch die Gymnastik in der Turnhalle hatte einstellen müssen. Doktor Manfredini, so fügte er hinzu, behandle ihn mit Methylenblau und täglichen Spülungen mit hypermangansaurem Salz. Aber die Behandlung zog sich in die Länge, während er schnell wieder gesund werden mußte.
»Meine Frauen fangen an, sich zu beklagen – das werden Sie verstehen ... Würden Sie deshalb so liebenswürdig sein«, wiederholte er, »mich ebenfalls kurz zu untersuchen?«
Fadigati hatte sich wieder gesetzt.
»Aber, mein Lieber«, stammelte er. »Sie wissen doch, daß

ich von dieser Art Krankheiten nichts verstehe. Außerdem ist Doktor Manfredini . . .«

»Natürlich verstehen Sie etwas davon, und wie!« grinste Deliliers.

»Ganz abgesehen davon, daß es hier im Zug . . .«, begann Fadigati von neuem und blickte voller Entsetzen zum Gang hin, »hier im Zug . . . nicht gut möglich wäre . . .«

»Oh, dafür«, erwiderte Deliliers schnell, den Mund verächtlich verzogen, »gibt es immer noch die Toilette, wenn Sie wollen.«

Für einen Augenblick herrschte Schweigen.

Plötzlich aber brach Fadigati in lautes Gelächter aus.

»Aber Sie scherzen!« rief er. »Ist es möglich, daß Sie immer nur scherzen? Sie halten mich wirklich für sehr naiv!«

Dann sagte er – und beugte sich seitlich ein wenig vor und schlug ihm mit der Hand aufs Knie –:

»Passen Sie auf! Wenn Sie nicht aufpassen, wird es mit Ihnen eines Tages ein schlimmes Ende nehmen!«

Und Deliliers gab mit ernstem Gesicht zurück:

»Passen Sie lieber selber auf, daß es Ihnen nicht so ergeht.«

Wenige Tage darauf kamen wir zufällig, gegen sechs Uhr abends, vor unserer Heimfahrt nach Ferrara, ins »Majani« in der Via Indipendenza. Es war sehr heiß. Der Vorschlag, ein Eis zu essen, war von Nino Bottecchiari ausgegangen.

Die Konditorei Majani war bereits damals, vor der Modernisierung von 1940, eine der größten von Bologna. Sie bestand aus einem riesigen halbdunklen Saal; von der Decke, die sich hoch oben im Dunkel verlor, hing ein einziger mächtiger Kronleuchter aus Muranoglas herab. Mit einem Durchmesser von zwei oder drei Metern stellte er eine Rose dar. Er barg eine große Menge kleiner verstaubter Lampen, die ein ungewöhnlich schwaches Licht nach unten warfen.

Gleich nach unserem Eintritt wandten sich unsere Blicke auf den Hintergrund des Saals, aus dem Gelächter drang.

Es mochten etwa zwanzig junge Leute sein, zumeist im dunkelblauen sportlichen Overall, teils sitzend, teils stehend, und alle mit einem Halbgefrorenen im Becher oder einer Eistüte beschäftigt. Sie unterhielten sich laut, und man konnte die verschiedensten Akzente unterscheiden, den Bolognas, der Romagna, Venetiens, der Marken und der Toskana. Man brauchte sie nur zu sehen, um zu wissen, daß sie zu dieser besonderen Kategorie von Studenten gehörten, die häufiger auf dem Sportplatz und im Schwimmbad als im Hörsaal und in den Bibliotheken zu finden sind.

Außer Deliliers, der uns von weitem sofort begrüßte, indem er den Arm in einer freundschaftlichen Geste hob, erkannten wir zunächst niemanden sonst in der Gruppe. Nur nach einigen Augenblicken, in denen sich unsere Augen an das Halbdunkel gewöhnt hatten, bemerkten wir einen älteren Herrn, der neben Deliliers saß, mit dem Rücken zum Eingang. Er saß dort, den Hut auf dem Kopf, die Hände um den Knauf seines Stokkes geschlungen, ohne etwas zu sich zu nehmen. Er wartete. Wie ein gutmütiger Vater, der sich bereit erklärt hat, einer ganzen Bande turbulenter Söhne und Neffen ein Eis zu spendieren, und der nun schweigend, dabei ein wenig schamhaft, darauf wartet, daß die lieben Rangen aufhören, nach Herzenslust zu schlecken und zu lutschen, um dann mit ihnen nach Hause zu gehen ...

Dieser Herr war natürlich Doktor Fadigati.

8

Auch in diesem Sommer wie in den vorangegangenen fuhren wir in den Ferien nach Riccione an der nahegelegenen adriatischen Küste. Es war jedes Jahr dasselbe. Nachdem mein Vater vergeblich versucht hatte, uns zur Reise ins Gebirge zu überreden, in die Dolomiten, wo er im Krieg als Soldat gewesen war, fand er sich schließlich damit ab, wieder mit uns nach Riccione zu fahren und dort die kleine Villa neben dem Grand Hotel zu mieten. Ich erinnere mich genau: ich, meine Mutter und Fanny, unsere kleine Schwester, reisten am 10. August mit dem Dienstmädchen ab. (Mein Bruder Ernesto war seit Mitte Juli in England *au pair* bei einer Familie in Bath, um sich im Englischen zu üben.) Was meinen Vater betraf, so war er in der Stadt geblieben und sollte später nachkommen, sobald es ihm die Erledigung einiger Angelegenheiten erlaubte.

Noch am Tage unserer Ankunft erfuhr ich die Sache mit Fadigati und Deliliers. Am Strand, der schon damals von Familien aus Ferrara wimmelte, die hier ihren Sommeraufenthalt nahmen, sprach man nur von ihnen und ihrer skandalösen »Freundschaft«.

Seit Anfang August hatte man die beiden von einem Hotel ins andere ziehen sehen in den verschiedenen kleinen Badeorten zwischen Porto Corsini und Punta di Pesaro. Zuerst waren sie in Milano Marittima, hinter dem Kanalhafen von Cervia, erschienen und hatten ein schönes Zimmer im Hotel Mare e Pineta genommen. Nach einer Woche waren sie ins Hotel Britannia in Cesenatico umgezogen, von dort nacheinander, überall das größte Aufsehen erregend und einen endlosen Klatsch verursachend, nach Viserba, nach Riccione, nach Rimini und nach Cattolica. Sie reisten im Auto; es war ein Alfa Romeo 1750, ein roter Zweisitzer vom Typ »Mille Miglia«.

Um den 20. August herum tauchten sie unvermutet wieder in Riccione auf, wo sie wie vor zehn Tagen im Grand Hotel wohnten.

Der Alfa Romeo war nagelneu; sein Motor gab eine Art von Raubtierknurren von sich. Außer für die Reise benutzten die beiden Freunde ihn auch für die nachmittägliche Spazierfahrt, wenn zur Stunde des Sonnenuntergangs die Masse der Badenden vom Strand heraufkam und sich über die Strandpromenade ergoß. Am Steuer saß immer Deliliers. Blond, gebräunt und sehr schön in einem eng anliegenden Polohemd und cremefarbenen Hosen (an den Händen, die nachlässig auf dem Steuerrad ruhten, prangten durchbrochene Wildlederhandschuhe, denen man ansah, daß sie teuer waren), war es ohne Zweifel er, dem der Wagen gehorchte – ihm und allein seinen Launen. Was aber Doktor Fadigati betraf, den bekannten Facharzt aus Ferrara, der für die Gelegenheit eine Schirmmütze aus schottischem Tuch und eine Autobrille eingeweiht hatte – zwei Gegenstände, von denen er sich selbst dann nicht trennte, wenn das Auto im Gedränge der Promenade vor dem Café Zanarini mühsam im Schritt fahren mußte –, so beschränkte er sich darauf, sich von seinem Freund hin und her fahren zu lassen.

Sie schliefen weiterhin im selben Zimmer und aßen am selben Tisch.

Und saßen auch abends nebeneinander, am gleichen Tischchen, wenn das Orchester des Grand Hotel die Instrumente aus dem Speisesaal auf die vom Seewind bestrichene Terrasse heraustrug und unvermittelt von leichter Unterhaltungsmusik zur synkopierten Musik überging. Sehr bald füllte sich die Terrasse (auch ich erschien häufig dort, zusammen mit den neuen Freunden vom Strand), und Deliliers ließ sich keinen Tango, keinen Walzer und keinen Pasodoble oder Slowfox entgehen. Fadigati tanzte selbstverständlich nicht. Doch während er von Zeit zu Zeit den Strohhalm zum Munde führte, mit dem er sein Erfrischungsgetränk zu sich nahm, vergaß er nicht, über den Rand des Glases hinweg mit runden Augen den vollendeten Evolutionen des Freundes zu folgen, die dieser dort, weit weg von ihm, zusammen mit den elegantesten und auffälligsten jungen Mädchen und Damen vollführte. Nach der Spazierfahrt im Auto waren sie pünktlich auf ihr Zimmer gegangen, um sich den Smoking anzuziehen – seriös, aus schwerem schwarzem Tuch der von Fadigati; mit weißem Jackett, kurz und knapp anliegend an den Hüften, der von Deliliers.

Sie nahmen auch zusammen am Strandleben teil, wenn auch am Morgen für gewöhnlich Fadigati als erster das Hotel verließ.

Er erschien, wenn es kaum neun Uhr war und noch so gut wie niemand am Strand war, respektvoll begrüßt von den Badewärtern, die er stets mit reichlichen Trinkgeldern bedachte. Von Kopf bis Fuß mit einem normalen Stadtanzug bekleidet (erst später, als die Hitze zunahm, entschloß er sich dazu, sich der Krawatte und der Schuhe zu entledigen; aber den weißen Panamahut mit der über die Sonnenbrille herabgezogenen Krempe nahm er niemals ab), also bekleidet setzte er sich unter den einsamen Sonnenschirm, der nach seiner Anordnung allen anderen voran aufgestellt worden war, nur wenige Meter vom Ufer entfernt. Auf einem Liegestuhl ausgestreckt, die Hände im Nacken verschränkt und ein gelbes Buch auf den Knien, blieb er gut zwei Stunden so liegen, um nichts zu tun als auf das Meer zu schauen.

Deliliers erschien erst gegen elf Uhr. Mit seinem schönen Gang – dem trägen Schreiten eines wilden Tieres –, noch eleganter dank der leichten Behinderung durch die Holzsandalen, schritt er ohne Eile über den glühenden Sand zwischen den Badekabinen und Zelten. Er war fast vollkommen nackt. Die weiße Badehose, die er erst jetzt an der linken Hüfte zuschnürte, und selbst das dünne Goldkettchen, an dem er eine Madonna auf der Brust trug, unterstrichen noch in gewisser Weise seine Nacktheit. Und wenn es ihn auch, besonders in den ersten Tagen, eine gewisse Mühe kostete, mich zu grüßen, wenn er mich da im Schutze unseres Zeltes sah, und obwohl er, wenn er zwischen den Zelten und Sonnenschirmen seinen Weg nahm, nie vergaß, zum Zeichen seines Verdrusses die Stirn krauszuziehen, so war der Verdruß doch nicht recht glaubwürdig: es war deutlich, daß er sich im Grunde von den meisten der hier Anwesenden bewundert fühlte, von den Männern wie von den Frauen, und daß ihm diese Bewunderung große Freude machte.

Ohne Zweifel, alle bewunderten ihn, Männer wie Frauen. Aber die Nachsicht, die man im ferraresischen Sektor des Badestrandes von Riccione Deliliers bezeigte, hatte als Rückwirkung zur Folge, daß sie zu Lasten Fadigatis ging.

Unsere Zeltnachbarin war in jenem Jahr Signora Lavezzoli, die Frau des Rechtsanwalts. Wenn man sie heute sieht, ist sie nur noch eine alte Frau, die viel von ihrer einstigen Bedeutung verloren hat. Damals aber, im reifen Glanz ihrer vierzig Jahre, umgeben von der steten Zuvorkommenheit ihrer drei heranwachsenden Kinder – zwei Söhnen und einer Tochter – und der nicht minder beständigen Ergebenheit ihres würdigen Gatten, des illustren Zivilrechtlers, Universitätsprofessors und ehemaligen Abgeordneten, damals beeinflußte sie maßgeblich die öffentliche Meinung Ferraras.

Signora Lavezzoli richtete also ihr Lorgnon auf den Sonnenschirm, unter dem Deliliers sich niedergelassen hatte, und hielt uns – sie war in Pisa geboren und aufgewachsen, an den Ufern des Arno – mit ihrer außerordentlichen toskanischen Zungengewandtheit stets auf dem laufenden über alles, was sich »da unten« abspielte.

Mit dem Tonfall und der Technik eines Rundfunk-Sportreporters berichtete sie zum Beispiel, daß sich »das junge Paar« plötzlich von den Liegestühlen erhoben habe und sich dem nächsten Auslegerboot zuwende: der junge Mann hatte offenbar den Wunsch geäußert, im offenen Meer vom Boot aus zu schwimmen, und »der Alte«, um nicht allein unter dem Sonnenschirm »mit Herzklopfen« auf die Rückkehr des Jungen warten zu müssen, hatte es durchgesetzt, ihn begleiten zu dürfen. Oder sie schilderte die gymnastischen Übungen Deliliers, nach dem Bade, nackt in der Sonne, um trocken zu werden, wobei der Alte untätig mit einem Frotteetuch danebensaß und doch so gern – man durfte darauf schwören – ihn selbst abgetrocknet, ihn berührt hätte.

Dieser Deliliers, erklärte sie dann, sozusagen von Zelt zu Zelt, doch insbesondere an meine Mutter gewandt, wobei sie vielleicht glaubte, leise zu sprechen, damit die »Kinder« nichts hörten, in Wahrheit aber lauter denn je sprach – dieser Deliliers ist im Grunde nur ein verwöhnter Junge, ein verdorbener junger Bursche, dem die Jahre beim Militär noch einmal sehr guttun würden. Aber dieser Doktor Fadigati, nein! Für einen Mann in seinen Verhältnissen und in seinen Jahren gab es da überhaupt keine Entschuldigung. Hatte er bestimmte Neigungen? War er »so«? Gut... Wer hatte sie ihm bisher besonders zur Last gelegt? Aber ausgerechnet hierher, nach Riccione, zu kommen und sich zur Schau zu stellen, wo er – er mußte selbst wissen, wie bekannt er war! Gerade hier ein Schauspiel zu geben, während sich in Italien bei gutem Willen Tausende von Strandbädern finden ließen, in denen keine Gefahr bestand, daß man jemand aus Ferrara traf! Nein, sagt, was ihr wollt, ein solcher Streich konnte nur von jemand kommen, der ein »Schweinigel« war (und Signora Lavezzoli schleuderte Blitze aufrichtiger Empörung aus ihren großen, himmelblauen Augen), ja, der vollkommen entartet war.

So sprach Signora Lavezzoli, und ich hätte viel dafür gegeben, daß sie endlich einmal aufhörte. Ich empfand, daß sie ungerecht war. Selbstverständlich war mir Fadigati unangenehm, doch fühlte ich mich nicht von *ihm* skandalisiert. Ich kannte den Charakter Deliliers aufs genaueste und erkannte in der Wahl der Strandbäder der Romagna in größter Nähe von Ferrara seine ganze Schlechtigkeit und Unverschämtheit. Fadigati hatte damit nichts zu tun gehabt – dessen war ich sicher. Meiner Meinung nach schämte er sich. Wenn er uns nicht grüßte, wenn auch er so tat, als hätte er mich nicht erkannt, so konnte nur dies der Grund dafür sein.

Anders als der Rechtsanwalt Lavezzoli, der seit Anfang August in Riccione und also wie alle andern über den Skandal auf dem laufenden war (freilich, unter dem Zelt tat er nichts anderes, als im »Antonio Adverso« zu lesen, und ich hörte nie, daß er sich ins Gespräch mischte), traf mein Vater erst

am Morgen des 25., einem Samstag, ein, noch später als vorgesehen und selbstverständlich in völliger Unkenntnis der Ereignisse. Er kam unangemeldet mit dem Zug und, da er niemand, nicht einmal die Köchin, im Hause antraf, suchte er uns sogleich am Strand.
Der erste Bekannte, den er traf, war Fadigati, und bevor noch meine Mutter oder die Lavezzoli ihn zurückhalten konnten, ging er fröhlich auf ihn zu.
»Ja, wen trifft man da?« rief er laut und ging mit großen Schritten auf den Sonnenschirm Doktor Fadigatis zu.
Fadigati zuckte zusammen und drehte sich um. Mein Vater hatte ihm bereits die Hand entgegengestreckt, und er gab sich alle Mühe, sich von seinem Liegestuhl zu erheben.
Endlich gelang es ihm. Danach konnten wir sie mindestens fünf Minuten lang stehend im Gespräch unter dem Sonnenschirm sehen, mit dem Rücken zu uns.
Sie blickten beide auf die unbewegte Meeresfläche, die glatt, von einer bleichen Helligkeit und ohne jede Kräuselung war. Und mein Vater, dessen ganze Gestalt das Glück ausdrückte, den Laden zugemacht zu haben (dies waren seine Worte, wenn er in Riccione zusammenfassend von allen unangenehmen Dingen sprach, die er in der Stadt zurückgelassen hatte: Geschäfte, das leere Haus, die sommerliche Hitze, die trübseligen Mahlzeiten im »Roveraro«, Mücken und was sonst noch), mein Vater zeigte Fadigati mit erhobenem Arm die Hunderte von Sportbooten in der Nähe und in weiterer Entfernung vom Strand und – ganz in der Ferne, kaum sichtbar am Horizont und wie in der Luft schwebend – die rostfarbenen Segel der Fischerbarken.
Schließlich kamen sie zu unserem Zelt. Fadigati ließ meinen Vater etwa einen Meter vorausgehen. Sein Gesicht zeigte einen seltsamen Ausdruck, in dem sich ein Flehen mit Widerwillen und Schuldbewußtsein mischte. Es mag gegen elf Uhr gewesen sein: Deliliers war noch nicht erschienen. Während ich mich erhob, um ihnen entgegenzugehen, bemerkte ich, wie

Fadigati einen verstohlenen nervösen Blick auf die Reihe der Badekabinen richtete, wo er jeden Augenblick die Gestalt seines Freundes auftauchen zu sehen hoffte – oder fürchtete.

9

Er küßte meiner Mutter die Hand.

»Kennen Sie nicht Rechtsanwalt Lavezzoli?« fragte mein Vater plötzlich mit lauter Stimme.

Einen Augenblick zögerte Fadigati. Er sah meinen Vater an und nickte bejahend; dann wandte er sich, offenbar voll höchsten Unbehagens, dem Zelt der Lavezzoli zu.

Tiefer denn je schien der Rechtsanwalt in die Lektüre von »Antonio Adverso« versenkt zu sein. Die drei »Kinder« lagen, ein paar Schritte entfernt, bäuchlings im Sand; unbeweglich wie Eidechsen um ein blaues Frotteetuch gelagert, ließen sie sich die Sonne auf den Rücken brennen. Signora Lavezzoli stickte ein Tischtuch, das ihr in langen Falten über die Knie fiel. Sie wirkte wie eine Renaissance-Madonna auf dem Wolkenthron.

Mein Vater, berühmt für seine Harmlosigkeit, erfaßte eine sogenannte »Situation« immer erst dann, wenn er bereits bis zum Halse darinsteckte.

»Herr Rechtsanwalt«, rief er, »schauen Sie, wer da ist!«

Bevor der Gatte antworten konnte, war Signora Lavezzoli bereit, einzuschreiten. Sie blickte plötzlich von ihrer Stickerei auf und streckte Fadigati schwungvoll den Rücken ihrer Hand entgegen.

»Aber ja doch«, flötete sie.

Sie lächelte einladend, die schönen Zähne ganz entblößend.

Tief gedemütigt trat Fadigati näher, ein wenig schwankend, da er mit Schuhen an den Füßen im Sand nur schwer vorwärtskam. Schließlich erreichte er das Zelt der Lavezzoli, küßte der

Dame die Hand und drückte die des Rechtsanwalts, der sich inzwischen höflich erhoben hatte, und gab dann der Reihe nach allen drei Kindern die Hand. Endlich kehrte er zu unserem Zelt zurück, wo mein Vater ihm bereits einen Liegestuhl neben den meiner Mutter gerückt hatte. Er schien jetzt viel heiterer als noch kurz zuvor: erleichtert wie ein Student, der ein schwieriges Examen bestanden hat.
Kaum hatte er Platz genommen, als er einen Seufzer der Befriedigung ausstieß.
»Wie schön es hier ist«, sagte er, »was für ein erquickender Luftzug.«
Er wandte sich an mich.
»Erinnern Sie sich noch, was für eine Hitze wir im vorigen Monat in Bologna hatten?«
Er erklärte alsdann meinen Eltern, denen ich meinerseits nie etwas von unseren regelmäßigen Begegnungen in dem Eilzug um sechs Uhr fünfzig früh erzählt hatte, wie wir uns in den vergangenen drei Monaten Gesellschaft geleistet hatten. Er sprach mit vollkommener Ungezwungenheit. Er schien es nicht glauben zu wollen, daß er hier bei uns saß, sogar die gefürchteten Lavezzoli begrüßt hatte, dem gesellschaftlichen Milieu zurückgegeben war, das er für das seine halten mußte, wiederaufgenommen von der Gesellschaft gebildeter und wohlerzogener Menschen, der er stets angehört hatte. Von Zeit zu Zeit stieß er einen wohligen Seufzer aus und weitete die Brust, um die Meeresbrise wie einen Balsam einzuatmen. Man sah, daß er sich glücklich fühlte, und frei, und zugleich erfüllt von Dankbarkeit (ein wenig schamloserweise, fand ich) allen denen gegenüber, die ihm erlaubten, sich so zu fühlen.
Mein Vater hatte indessen die Unterhaltung wieder auf die unglaubliche Schwüle gebracht, die im August in Ferrara herrschte.
»Nachts konnte man nicht schlafen«, berichtete er und verzog sein Gesicht dabei zu einer Grimasse des Leidens, als ob die bloße Erinnerung an die Hitze in der Stadt genügte, um noch

einmal ihre ganze Beklemmung zu spüren. »Glauben Sie mir, Herr Doktor, ich bekam kein Auge zu. Es gibt Leute, die behaupten, die Neuzeit habe mit der Erfindung des Flit begonnen. Ich will nicht streiten. Aber Flit bedeutet auch hermetisch geschlossene Fenster. Und geschlossene Fenster bedeuten Betttücher, die einem an der schwitzenden Haut kleben. Ich scherze nicht: bis gestern – das kann ich beschwören – hatte ich Angst vor jeder Nacht. Diese verdammten Mücken!«

»Hier ist es ganz anders«, erklärte Fadigati voller Begeisterung. »Hier kann man auch in den heißesten Nächten immer noch atmen.«

Und nun begann er, sich über die Vorzüge der adriatischen Küste vor allen übrigen italienischen Küsten zu verbreiten. Er war Venezianer, zugegeben, und hatte Kindheit und Jugendjahre am Lido verlebt, und daher mochte sein Urteil aller Wahrscheinlichkeit nach nicht ganz ungetrübt sein. Aber es war nun einmal seine Überzeugung, daß die adriatische Küste bei weitem erholsamer sei als die tyrrhenische.

Signora Lavezzoli hatte die Ohren gespitzt. Ihre boshafte Absicht hinter einem vorgetäuschten Lokalpatriotismus verbergend, verteidigte sie mit großer Wärme die tyrrhenische Küste. Sie behauptete, wenn sie an seiner, Fadigatis, Stelle wäre und zwischen einer Sommerfrische in Riccione und Viareggio wählen könnte, würde sie keinen Augenblick zögern.

»Denken Sie, wie es an manchen Abenden hier aussieht«, fügte sie hinzu. »Wenn man am Café Zanarini vorbeikommt, hat man oft das Gefühl, nicht weiter als einen Kilometer von Ferrara gereist zu sein. Wenigstens im Sommer möchte man doch, ehrlich gesagt, einmal andere Gesichter sehen – endlich einmal andere Gesichter als die, die einem das ganze übrige Jahr geboten werden. Man könnte glauben, über die Giovecca oder den Corso Roma zu gehen, finden Sie nicht?«

Fadigati rückte unbehaglich auf seinem Liegestuhl. Wieder entglitten seine Blicke zur Reihe der Badekabinen. Aber von Deliliers noch keine Spur.

»Mag sein, mag sein«, erwiderte er, nervös lächelnd, und richtete seinen Blick wieder auf das Meer.

Wie an jedem Vormittag zwischen elf und zwölf Uhr hatte sich rasch die Farbe des Meeres verändert. Es war nicht mehr die fahle ölige Masse, die es noch vor einer halben Stunde gewesen war. Der Wind vom Meer, die fast senkrecht über uns stehende Sonne, hatten sie in eine blaue Fläche verwandelt, übersprüht von zahllosen goldenen Funken. Jetzt liefen die ersten Badegäste über den Strand. Auch die drei jungen Lavezzoli gingen, nachdem sie ihre Mutter um Erlaubnis gebeten hatten, zu ihrer Badekabine, um sich umzuziehen.

»Mag sein«, wiederholte Fadigati. »Wo aber, meine liebe Dame, finden Sie noch einmal Nachmittage, wie sie uns hier die Sonne bereitet, wenn sie sich anschickt, unterzugehen hinter

der blauen Vision von San Marino?«

Er hatte mit singender, leicht nasaler Stimme den Vers Pascolis deklamiert und jede Silbe einzeln betont und besonders die Diärese in »Vision« hervortreten lassen. Ein verlegenes Schweigen folgte, aber schon begann Fadigati wieder zu sprechen.

»Ich bin mir darüber im klaren, daß die Sonnenuntergänge an der Riviera di Levante prachtvoll sind. Aber man muß sie teuer bezahlen: um den Preis glühender Nachmittage nämlich, an denen das Meer zu einer Art Brennspiegel wird und die Leute sich daher gezwungen sehen, zu Hause zu bleiben oder bestenfalls in die Pineta zu flüchten. Dagegen wird Ihnen die Farbe aufgefallen sein, die das Adriatische Meer nach dem Mittag annimmt. Mehr noch als blau wird es schwarz; mit anderen Worten, man wird von ihm nicht geblendet. Die Wasseroberfläche saugt die Sonnenstrahlen auf und reflektiert sie nicht. Oder, besser gesagt, sie reflektiert sie, gewiß, aber in Richtung auf ... Jugoslawien! Was mich angeht«, so schloß er begeistert, »kann ich kaum erwarten, daß das Mittagessen vorbei ist, um wieder an den Strand zu gehen. Zwei Uhr nachmittags – es gibt keinen schöneren Augenblick, um in Seelenruhe unsere göttliche Adria zu genießen!«

»Ich nehme an, daß Sie das in Gesellschaft Ihres – Ihres Freundes tun, von dem Sie ja unzertrennlich sind«, bemerkte säuerlich Signora Lavezzoli.

So plump in die Wirklichkeit zurückgerufen, schwieg Fadigati verlegen.

Da erregte eine plötzliche Ansammlung von Personen, ein paar hundert Meter in Richtung Rimini von uns entfernt, die Aufmerksamkeit meines Vaters.

»Was geht da vor sich?« fragte er und schirmte die Augen mit der Hand ab, um besser sehen zu können.

Der Wind trug Hochrufe und Händeklatschen herüber.

»Der Duce geht ins Wasser«, erklärte Signora Lavezzoli salbungsvoll.

Mein Vater verzog den Mund. »Ist man nicht einmal mehr im Wasser sicher?« murmelte er vor sich hin.

Romantisch, patriotisch und politisch naiv und unerfahren wie so viele Juden seiner Generation, war auch mein Vater, als er 1919 aus dem Kriege zurückkam, der Faschistischen Partei beigetreten. Er war also ein Faschist »der ersten Stunde« gewesen, und war es im Grunde auch geblieben, trotz seiner Rechtschaffenheit und seines Sinnes für Maß. Doch seitdem Mussolini nach den ursprünglichen Streitigkeiten sich mit Hitler zu einigen begann, war er nervös geworden. Er dachte nur noch an einen möglichen Ausbruch von Antisemitismus auch in Italien; und gelegentlich ließ er sich – und litt zugleich darunter – manch bitteres Wort gegen das Regime entschlüpfen.

»Er ist so schlicht, so menschlich«, fuhr Signora Lavezzoli fort, ohne sich um meinen Vater zu kümmern. »Als braver Ehemann holt er jeden Samstagmorgen das Auto aus der Garage und bringt es fertig, in einem Zug von Rom bis Riccione durchzufahren.«

»Wirklich sehr brav«, bemerkte grinsend mein Vater. »Wer weiß, wie sehr sich Donna Rachele darüber freuen wird!«

Mit dem Blick suchte er die Zustimmung Lavezzolis. Der Rechtsanwalt Lavezzoli war doch kein Parteimitglied? Er hatte doch das berühmte Crocesche Manifest von 1924 unterzeichnet und hatte mindestens bis zum Jahre 1930 als »demo-liberal« und defaitistisch gegolten? Aber alle Mühe war vergeblich. Die Augen des Rechtsanwalts blieben, hatten sie sich auch endlich von den engbedruckten Seiten des »Antonio Adverso« gelöst, blind für den stummen Appell meines Vaters. Mit langem Hals und halbgesenkten Augenlidern blickte er beharrlich aufs Meer. Die »Kinder« hatten ein Boot gemietet und wagten sich zu weit hinaus ...

»Am vorigen Samstag«, fuhr indessen Signora Lavezzoli fort, »ging ich Arm in Arm mit Filippo über den Viale dei Mille nach Hause. Es war ungefähr halb acht. Wen sehe ich da plötzlich aus der Gartentür einer Villa treten? Den Duce persönlich, von Kopf bis Fuß weiß gekleidet. Unwillkürlich sagte ich: »Guten Abend, Exzellenz.« Und er zieht, sehr höflich, den Hut und antwortet: »Guten Abend, Signora.« – »Stimmt es nicht, Pippo«, wandte sie sich an ihren Mann, »war er nicht wirklich sehr liebenswürdig?«

Der Rechtsanwalt stimmte zu:

»Wir sollten vielleicht die Bescheidenheit haben, unseren Irrtum einzugestehen«, sagte er ernst, zu meinem Vater gewandt. »Vergessen wir nicht: der Mann hat uns das Imperium gegeben.«

Wie auf einem Tonband aufgenommen, finde ich in meinem Gedächtnis Wort für Wort das Gespräch jenes langvergangenen Vormittags wieder.

Nachdem der Rechtsanwalt dieses Urteil verkündet hatte (mein Vater riß, als er es hörte, weit die Augen auf), versenkte er sich wieder in seine Lektüre. Aber seine Frau kannte nun keine Zurückhaltung mehr. Angespornt von dem Satz ihres Mannes und besonders von dem Wort Imperium, das sie bisher aus seinem wortkargen Munde wohl noch nie vernommen hatte, hörte sie nicht mehr auf, von dem guten Herzen des

Duce und von seinem großmütigen, echt romagnolischen Charakter zu schwärmen.

»Dazu möchte ich Ihnen eine kleine Geschichte erzählen«, fuhr sie fort, »bei der ich selbst Zeuge war, und die sich gerade hier in Riccione vor drei Jahren zugetragen hat. Eines Morgens badete der Duce im Meer mit seinen beiden älteren Söhnen, Vittorio und Bruno. So gegen ein Uhr mittags kommt er aus dem Wasser, und was erwartet ihn? Ein Telegramm, das einen Augenblick zuvor eingetroffen ist und ihm die Nachricht von der Ermordung des österreichischen Bundeskanzlers Dollfuß gibt. In jenem Jahr stand unser Zelt nur wenige Schritte entfernt von dem Zelt Mussolinis; also ist, was ich erzähle, die reine Wahrheit. Sowie er das Telegramm gelesen hatte, stieß der Duce einen kräftigen Fluch im Dialekt aus – versteht sich, gegen sein Temperament kann man nicht an. Aber dann fing er an zu weinen. Ich habe gesehen, wie ihm die Tränen über die Backen liefen. Sie waren sehr befreundet, die Familien Mussolini und Dollfuß. Ja, Frau Dollfuß – eine kleine, magere, bescheidene und sehr nette Dame – war gerade damals mit ihren Kindern Gast in Mussolinis Villa. Und der Duce weinte und dachte gewiß daran, was er in wenigen Minuten beim gemeinsamen Essen der unglücklichen Mutter sagen sollte...«

Plötzlich erhob sich Fadigati. Nachdem ihn Signora Lavezzoli mit ihrer giftigen Bemerkung gedemütigt hatte, war er stumm geblieben. Nachdenklich hatte er sich die Lippen gebissen. Warum war Deliliers noch nicht erschienen? Was war ihm zugestoßen?

»Gestatten Sie ...«, stotterte er verlegen.

»Aber es ist doch noch nicht soweit!« widersprach Signora Lavezzoli. »Erwarten Sie nicht Ihren Freund? Es ist erst zwanzig Minuten vor eins!«

Fadigati murmelte etwas Unverständliches. Er drückte jedem im Kreise die Hand; dann entfernte er sich, hastig davonhinkend, bis er zu seinem Sonnenschirm kam.

Dort angelangt, bückte er sich und hob das gelbe Buch und

das Frotteehandtuch auf. Danach sahen wir ihn wieder in der Mittagssonne über den Strand gehen, diesmal aber mit dem Hotel als Ziel.

Er kam nur mit Mühe vorwärts, das gelbe Buch unter den Arm geklemmt, das Handtuch über die Schulter geworfen, mit einem Gesicht, wie aufgelöst von Schweiß und Angst. So, daß mein Vater, der nun sofort über alles ins Bild gesetzt worden war und ihm mit einem Blick des Mitleids folgte, vor sich hinmurmelte:

»Armer Teufel.«

10

Gleich nach dem Mittagessen ging ich an den Strand zurück.

Ich setzte mich unter das Zelt. Ja, um zwei Uhr nachmittags wurde die Adria tiefblau, fast schwarz. An diesem Tage aber trugen die Wellen, soweit man nur sehen konnte, Schaumkronen von schneeigem Weiß. Der Wind kam noch immer vom Meer, doch jetzt etwas mehr von der Seite. Wenn ich den Feldstecher meines Vaters auf den Sporn der Punta di Pesaro richtete, der den Bogen der Bucht zu meiner Rechten abschloß, sah ich, wie der Wind da oben die Pinienstämme beugte und wild an ihren Zweigen zerrte. Vom nachmittäglichen »greco«, dem Nordost, getrieben, rückten die großen Wellen, tintenfarbig, aber mit weißem Kamm, in geschlossenen, dicht aufeinanderfolgenden Reihen an. Von dem Punkt aus gesehen, an dem ich mich befand, schien es, als stürzten sie sich im Sturmangriff auf das Festland. Aber siehe da, je näher sie kamen, desto kleiner wurden ihre Schaumkronen, bis sie in unmittelbarer Nähe der Küste vollkommen verschwanden. Ausgestreckt auf meinem Liegestuhl hörte ich den dumpfen Aufprall der Wellen am Ufer.

Die Verlassenheit des Meeres – nach und nach waren auch

die Segel der Fischerboote verschwunden, die am nächsten Morgen, der ein Sonntag war, zum größten Teil an den Quais der Kanalhäfen von Rimini und Cesenatico liegen würden – entsprach der Verlassenheit des Strandes. Aus einem Zelt in unserer Nähe tönte ein Grammophon. Ich kann nicht sagen, was für eine Musik es war – vielleicht Jazz. Jedenfalls blieb ich über drei Stunden dort, sah unentwegt einem alten Muschelfischer zu, der den Meeresboden ein paar Armlängen vom trockenen Strand entfernt absuchte, und hatte dabei immer diese Musik in den Ohren, die nicht minder traurig und unermüdlich war. Als ich mich kurz nach fünf Uhr erhob, suchte der Alte noch immer nach Muscheln, und das Grammophon spielte noch immer. Die Sonne hatte im Sinken die Schatten der Zelte und Sonnenschirme um vieles länger werden lassen. Der Schatten vom Sonnenschirm Fadigatis berührte schon fast das Wasser.

Auf der Seite zum Meer hin grenzte die Terrasse vor dem Grand Hotel unmittelbar an die Dünen. In dem Augenblick, in dem ich sie betrat, erkannte ich Fadigati, der auf einer der steinernen Bänke vor der Freitreppe des Hotels saß.

Auch er hatte mich bereits erkannt. Es war zu spät, um der Begegnung noch ausweichen zu können.

»Guten Tag«, sagte ich, als ich näherkam.

Er zeigte auf die Bank. »Warum setzen Sie sich nicht? Bleiben Sie einen Augenblick.«

Ich gehorchte. Er holte aus der Brusttasche seines Jacketts eine Packung *Nazionali* heraus, aus der er mir anbot.

Es waren nur noch zwei Zigaretten darin; er bemerkte mein Zögern.

»Es sind doch *Nazionali!*« sagte er mit einem merkwürdigen Aufflackern von Schwärmerei in den Augen.

Schließlich begriff er den Grund meines Zögerns und lächelte.

»Aber bitte, greifen Sie doch zu! Unter guten Freunden: eine für Sie und eine für mich.«

Ein Wagen fuhr plötzlich, pfeifend auf dem Asphalt der

Kurve, vor dem Hotel vor. Fadigati wandte sich um, ohne Hoffnung; und es war tatsächlich nicht der Alfa Romeo, sondern ein Fiat 1500, eine graue Limousine.
»Ich glaube, ich muß gehen«, sagte ich, nahm aber doch eine der beiden Zigaretten.
Er bemerkte meine Sandalen. »Ich sehe, Sie kommen vom Strand. Das Meer war heute wohl schön!«
»Ja, aber nicht zum Baden.«
»Lassen Sie es sich ja nicht einfallen, einmal zur Unzeit ins Wasser zu gehen!« warnte er mich. »Sie sind ein junger Mann und werden gewiß ein höchst gesundes Herz haben – Sie Glücklicher! –, aber der plötzliche Blutandrang fällt – tack – auch den Stärksten.
Er hielt mir das brennende Streichholz hin. »Und jetzt haben Sie eine Verabredung?« fragte er.
Ich antwortete, womit ich übrigens nicht log, daß mich die jungen Lavezzoli um sechs Uhr erwarteten. Wir hatten für diese Stunde den Tennisplatz hinter dem Café Zanarini gemietet. Zwar war es erst zwanzig Minuten vor sechs, aber ich mußte noch nach Hause gehen, um mich umzuziehen und den Schläger und die Bälle mitzunehmen; ich fürchtete also, nicht pünktlich zu sein.
»Hoffentlich setzt es sich Fanny nicht in den Kopf, mitkommen zu wollen!« fügte ich hinzu. »Die Mama würde sie nicht weglassen, bevor sie ihr die Zöpfe noch einmal geflochten hätte, und ich würde dabei gut zehn Minuten verlieren.«
Während ich sprach, beobachtete ich bei ihm eine seltsame Manipulation. Er nahm die Zigarette wieder aus dem Mund, um sie dann am verkehrten Ende anzuzünden, auf der Seite mit dem Markenaufdruck. Darauf warf er die leere Schachtel fort.
Erst in diesem Augenblick bemerkte ich, wie der Boden vor uns mit Zigarettenstummeln bedeckt war – es waren mehr als ein Dutzend.
»Sehen Sie, wieviel ich rauche?« sagte er.

»Allerdings.« Eine Frage lag mir auf der Zunge: »Und Deliliers?« Aber ich vermochte sie nicht zu stellen.

Ich stand auf und reichte ihm die Hand.

»Früher haben Sie gar nicht geraucht, wenn ich mich nicht täusche.«

»Auch ich will meinen bescheidenen Beitrag zur Verbreitung von Halsleiden liefern«, sagte er mit einem traurigen Grinsen. »Ich fand, daß es mir zukam.«

Ich war ein paar Schritte gegangen, als er mir nachrief:

»Es ist der Tennisplatz beim Café Zanarini, sagten Sie? Vielleicht komme ich später einmal vorbei, um Sie zu bewundern.«

Wie sich bald darauf herausstellte, war Deliliers nichts Ernsthaftes zugestoßen. Nichts anderes als dies: daß er plötzlich Lust bekommen hatte, statt wie sonst in Riccione einmal in Rimini zu baden, wo er in der Gegend des Hotels Vittoria ein Schwesternpaar aus Parma kannte. Er hatte den Wagen genommen und war einfach verschwunden, ohne sich die Mühe zu machen, ein Wort zu hinterlassen. Etwa um acht Uhr abends war er zurückgekommen – so berichtete Signora Lavezzoli, die sich in Gesellschaft ihres Mannes zufällig in der Halle des Grand Hotel befand, wo sie einen Apéritif nahmen. Plötzlich hatten sie »diesen Deliliers« bemerkt, wie er mit großen Schritten durch die Halle eilte und ihm Fadigati, nahezu in Tränen ausbrechend, auf dem Fuße folgte.

Am selben Abend sprach mich Deliliers auf der Terrasse des Grand Hotel an.

Ich war mit meinen Eltern und den Lavezzolis gekommen – dem Rechtsanwalt und seiner Frau. Noch müde vom Tennis, hatte ich keine Lust, zu tanzen. Schweigend hörte ich Signora Lavezzoli zu, die, obwohl ihr nicht unbekannt sein konnte, wie sehr sie uns damit verletzte, begonnen hatte, ausführlich und mit – man stelle sich vor! – »Objektivität« über Hitler-Deutschland und seine »unbestreitbare« Größe zu sprechen.

»Bedenken Sie aber, Signora, daß gerade *Ihr* Dollfuß, wie es scheint, von Hitler liquidiert worden ist«, versuchte ich einzuwenden.

»Was bedeutet das!« gab sie prompt zurück. Sie hatte den Ausdruck von Kritiklosigkeit und Langmut angenommen, den eine Lehrerin zeigt, die geneigt ist, bei ihrem Primus jeden Schwindel zu rechtfertigen. »Das sind die politischen Notwendigkeiten, leider! Lassen wir die persönlichen Sympathien oder Antipathien beiseite – Tatsache ist, daß unter gewissen Umständen ein Regierungschef, ein Staatsmann, der diesen Namen verdient, fähig sein muß, sich zum Wohl seines Volkes über das Feingefühl gewöhnlicher Menschen – kleiner Leute wie wir – hinwegzusetzen.« Dabei zeigte sie ein stolzes Lächeln, das im scharfen Gegensatz zu ihren letzten Worten stand.

Verwirrt und erregt schickte sich mein Vater zu einer Entgegnung an. Aber Signora Lavezzoli ließ ihm auch diesmal keine Zeit dazu. Mit einer Miene, als wollte sie das Thema wechseln, wandte sie sich unmittelbar an ihn, um ihm den Inhalt eines »interessanten« Artikels aus der Feder des berühmten Padre Gemelli auseinanderzusetzen, der in der »Civiltà Cattolica« erschienen war.

Thema des Artikels war die sogenannte jüdische Frage. Nach Padre Gemelli – so berichtete sie – konnten die seit fast zwei Jahrtausenden in allen Teilen der Welt immer wiederkehrenden Verfolgungen der »Israeliten« nur als ein Zeichen des göttlichen Zorns erklärt werden. Der Artikel schloß mit der folgenden Frage: Ist es dem Christen erlaubt – auch wenn selbstverständlich jede Gewalttätigkeit seinem Herzen zuwider ist –, ein Urteil zu wagen über historische Ereignisse, in denen sich ganz offenkundig der Wille Gottes äußert?

An diesem Punkt der Unterhaltung erhob ich mich von meinem Korbsessel und verschwand ohne weitere Umstände.

Ich stand also mit dem Rücken an den Pfosten der großen Glastür gelehnt, die den Speisesaal von der Terrasse trennte, und das Orchester hatte, wenn ich mich nicht irre, begonnen, *Blue Moon* zu spielen.

Aber duu . . . bleicher Mond, warum
Bist du so traurig, warum . . .

sang die gewohnte alberne Stimme. Plötzlich fühlte ich den harten Druck zweier Finger auf meiner Schulter.

»*Ciao*«, sagte Deliliers.

Es war das erste Mal, daß er in Riccione das Wort an mich richtete. »*Ciao*«, erwiderte ich. »Wie geht's?«

»Heute ein bißchen besser«, antwortete er zwinkernd. »Und was machst du?«

»Ich lese . . . ich arbeite . . .«, log ich. »Ich habe im Oktober zwei Examen vor mir.«

»Ach so«, sagte Deliliers und kratzte sich nachdenklich mit dem kleinen Finger den Kopf, auf dem das Haar von Brillantine glänzte.

Aber die Examen sagten ihm nichts. Plötzlich änderte sein Gesicht den Ausdruck. Leise, mit einem Gehaben, als weihte er mich in ein wichtiges Geheimnis ein, und immer wieder über die Schulter schauend, als fürchtete er, überrascht zu werden, erzählte er mir von seinem Badeausflug nach Rimini und den beiden Mädchen aus Parma.

»Warum kommst du morgen früh nicht im Auto mit? Ich fahre wieder hin. Komm, mach mit! Hilf mir! Ich kann nicht gleichzeitig mit zwei Mädchen zusammensein. Hör einmal auf zu arbeiten!«

Fadigati, im Smoking, erschien im Hintergrund des Saals. Suchend blickte er sich um, mit den kurzsichtigen Augen hinter den Brillengläsern blinzelnd. Bei dem eigens für *Blue Moon* eingeschalteten künstlichen Mondschein konnte er nicht sogleich das weiße Jackett Deliliers' erkennen.

»Ich weiß noch nicht, ob ich mitkommen kann«, sagte ich.

»Ich erwarte dich im Hotel.«

»Ich will versuchen zu kommen. Um wieviel Uhr geht's los?«

»Um halb zehn. Paßt es dir?«
»Ja, aber ich kann es nicht fest versprechen.«
Ich deutete mit dem Kinn in die Richtung Fadigatis. »Du wirst gesucht.«
»Also einverstanden, ja?« fragte Deliliers noch einmal, machte eine Kehrtwendung und ging auf seinen Freund zu, der fieberhaft seine Brille mit dem Taschentuch putzte.
Wenige Minuten darauf drang das unverwechselbare Brummen des Alfa Romeo vom Platz herauf und verkündete dem Hotel, daß sich das »junge Paar«, vielleicht zur Feier der Versöhnung, für den Abend etwas Besonderes vorgenommen hatte.

11

Ich gestehe, daß ich mich am nächsten Morgen für einen Augenblick versucht fühlte, mit Deliliers nach Rimini zu fahren. Mich reizte vor allem die Fahrt im Auto an der Küste entlang. Aber was dann? – fragte ich mich. Was bedeutete, konkret genommen, Deliliers' Vorschlag? Und wer waren wirklich diese Schwestern aus Parma, von denen er gesprochen hatte? Irgendwelche Mädchen, mit denen man in die Pineta gehen konnte, oder zwei junge Damen aus guter Familie, mit denen man sich am Strande, unter den wachsamen Blicken einer anderen Signora Lavezzoli, unterhalten mußte? Im einen wie im andern Fall (freilich war auch eine zwischen beiden Extremen liegende Möglichkeit denkbar!) hielt ich mich nicht für befreundet genug mit Deliliers, um ohne weiteres seine Einladung anzunehmen. Nahm ich sie an, mußte ich mit einem Tag reich an Widerwärtigkeiten und Demütigungen rechnen. Übrigens, wie kam es, daß mich Deliliers, der mir noch nie besondere Sympathie oder wirkliche Achtung bezeigt hatte, auf einmal geradezu flehentlich bat, ihn bei einem Abenteuer mit Frauen zu begleiten? Lag ihm vielleicht daran, zu zeigen, daß er nicht aus

lasterhafter Neigung mit Fadigati zusammen war, sondern nur, um sich von ihm die Sommerferien bezahlen zu lassen, und daß ihm ein hübsches Mädchen in jedem Fall lieber war?
Am Ende blieb ich in Riccione. Und als ich bald darauf am Strand Doktor Fadigati unter seinem Sonnenschirm bemerkte, einer Einsamkeit überantwortet, die mir plötzlich grenzenlos und unheilbar schien, war ich im Herzen über meinen Verzicht froh. Ich wenigstens hatte ihn nicht betrogen; der Aufforderung, mich auf die Seite dessen zu stellen, der ihn verriet und ausnutzte, hatte ich widerstanden und ihm ein Minimum an Achtung bewahrt.
Dann kam mir der Gedanke, daß er sich über ein wenig Gesellschaft freuen würde.
Gerade bevor ich seinen Sonnenschirm erreicht hatte, wandte sich Fadigati um.
»Ach, Sie sind es«, sagte er, doch zeigte er keine Überraschung. »Es ist sehr liebenswürdig von Ihnen, mir einen Besuch zu machen.«
Alles an ihm sprach von der Müdigkeit und dem Schmerz, die ein kürzlich stattgefundener Streit in ihm zurückgelassen hatten. Obwohl sich aller Wahrscheinlichkeit nach am Abend zuvor Deliliers das Versprechen hatte entreißen lassen, hierzubleiben, war er nun doch nach Rimini gefahren.
Er schlug das Buch, in dem er gelesen hatte, zu und legte es auf einen Schemel, der dort halb im Schatten, halb in der Sonne stand. Es war nicht das übliche gelbe Buch, sondern ein dünnes Bändchen, in altes geblümtes Papier eingeschlagen.
»Was haben Sie gelesen?« fragte ich mit einem Blick auf das Bändchen. »Verse?«
»Sehen Sie es sich nur an.«
Es war eine Schulausgabe des ersten Gesangs der *»Ilias«* mit einer Interlinearübersetzung.
»Ich habe es im Koffer gefunden«, sagte er. *»Mènin aèide teà peleiàdeo Achillèos«*, fügte er mit einem bitteren Lächeln hinzu.

In diesem Augenblick kamen meine Eltern; meine Mutter hielt Fanny an der Hand. Ich hob meinen Arm, um sie von meiner Anwesenheit zu verständigen und ließ den Familienpfiff hören: den ersten Takt eines Lieds von Schubert.
Fadigati wandte sich um, erhob sich halb von seinem Liegestuhl und lüftete ehrerbietig den Panamahut. Meine Eltern grüßten zurück, meine Mutter, indem sie ein wenig den Kopf neigte, und mein Vater, indem er zwei Finger an den Schirm seiner funkelnagelneuen weißen Leinenmütze legte. Ich bebemerkte sofort, daß es ihnen mißfiel, mich in Gesellschaft Fadigatis zu sehen. Sowie Fanny mich erkannt hatte, wandte sie sich mit einer Frage an meine Mutter; gewiß bat sie um die Erlaubnis, zu mir kommen zu dürfen. Aber meine Mutter hielt sie offensichtlich zurück.
»Wie reizend Ihr Schwesterchen ist!« sagte Fadigati. »Wie alt ist sie?«
»Zwölf Jahre – genau acht Jahre jünger als ich«, antwortete ich verlegen.
»Aber sind Sie nicht drei Geschwister?«
»Ja. Zwei Jungen und ein Mädchen – mit einem Abstand von vier Jahren. Ernesto, der zweite, ist in England ...«
»Was für ein intelligentes Gesichtchen!« wiederholte Fadigati, der noch immer zu Fanny hinüberblickte. »Und wie gut ihr das rosa Kleidchen steht! Ein Glück für sie, nun schon so große Brüder zu haben.«
»Sie ist noch sehr kindlich«, sagte ich.
»Oh, das sieht man. Ich hätte sie auf zehn Jahre geschätzt. Übrigens will das nichts sagen. Ein Mädchen entwickelt sich ganz plötzlich ... Sie werden es erleben, wie überraschend das kommt ... Sie besucht das Gymnasium, nicht wahr?«
»Ja, sie ist in der dritten Klasse ...«
Er schüttelte mit einem Ausdruck melancholischen Bedauerns den Kopf – wie wenn er insgeheim die ganze Mühe und den Schmerz ermäße, die jeder Mensch auf sich nehmen muß, um erwachsen – um reif zu werden.

Aber schon dachte er an etwas anderes.
»Und die Lavezzolis?« fragte er.
»Ich glaube, daß wir sie heute wegen der Messe nicht vor Mittag sehen werden.«
»Ach ja, richtig, heute ist Sonntag«, sagte er zusammenfahrend.
»Aber dann«, fügte er nach einer Weile hinzu und erhob sich, »wollen wir Ihre Eltern begrüßen.«
Seite an Seite gingen wir über den Strand, der bereits zu glühen begann.
»Ich habe den Eindruck«, erklärte er dabei, »daß Signora Lavezzoli keine große Sympathie für mich hegt.«
»Aber nein, das glaube ich nicht.«
»Nun, jedenfalls ist es besser, die Gelegenheit wahrzunehmen, wenn sie nicht dabei ist.«
In Abwesenheit der Lavezzolis gelang es meinen Eltern nicht, bei ihrer vorsätzlichen Zurückhaltung zu bleiben, am wenigsten meinem Vater, der sich bald mit Fadigati in äußerst herzlicher Unterhaltung befand.
Vom Land her wehte ein leichter Wind, der sogenannte Garbino. Das Meer, auf dem kein Segel zu sehen war, zeigte bereits eine dunkle Färbung, obwohl die Sonne noch nicht ihren Zenit erreicht hatte: es war wie eine kompakte bleifarbene Decke. Vielleicht noch unter dem Eindruck seiner Lektüre des ersten Gesangs der »Ilias« sprach Fadigati vom Naturgefühl der Griechen und insbesondere von der Bedeutung, die nach seiner Meinung Adjektiven wie »purpurn« und »veilchenfarben« zukomme, die Homer auf das Meer anwendet. Mein Vater wiederum sprach von Horaz und, von da ausgehend, den »Odi Barbare«[4], die für ihn, wie er in seiner fast täglichen Polemik mit mir versicherte, sein höchstes Ideal auf dem Gebiet der modernen Dichtung darstellten. Sie unterhielten sich also in so großer Eintracht (der Umstand, daß Deliliers nicht von einem Augenblick zum anderen vor der Reihe der Badekabinen erscheinen konnte, kam ganz offenbar dem seelischen

Gleichgewicht Fadigatis zugute), daß, als gegen Mittag sofort nach der Messe die Familie Lavezzoli vollzählig erschien, sich Fadigati stark genug fühlen konnte – sozusagen unter ausreichendem Schutz stehend –, voller Unbefangenheit die unvermeidlichen Sticheleien der Signora Lavezzoli über sich ergehen zu lassen, ja, zuweilen sogar nicht ganz ohne Erfolg zurückzuschlagen.

Wir sollten Deliliers am Strand nicht wiedersehen – weder an diesem Tage, noch an den folgenden. Von seinen Streifzügen im Auto kam er nie mehr vor zwei Uhr früh zurück, und Fadigati, derart sich selbst überlassen, suchte immer öfter unsere Gesellschaft.

So kam es, daß er nicht nur die vormittäglichen Stunden in unserem Zelt verbrachte (mein Vater war im Grunde überglücklich, mit ihm über Musik, Literatur und Kunst statt mit Signora Lavezzoli über Politik diskutieren zu können), sondern sich auch daran gewöhnte, zum Tennisplatz hinter dem Café Zanarini zu kommen, wenn er wußte, daß ich und die jungen Lavezzoli dort waren.

Unser schlappes Ballschlagen – ein Herrendoppel gegen ein gemischtes Doppel – konnte gewiß keinen Enthusiasmus hervorrufen. Wenn ich dabei noch einigermaßen gut bestehen konnte, so wußten Franco und Gilberto Lavezzoli kaum, wie sie den Schläger anzufassen hatten. Was aber Cristina betraf, ihre blonde, rosige, zarte fünfzehnjährige Schwester (sie kam gerade aus einem von Nonnen geleiteten Internat in Florenz, und die ganze Familie trug sie auf Händen), so leistete sie als Tennisspielerin noch weniger als ihre Brüder. Sie hatte sich um das Haupt einen kleinen Kranz von Locken stehen lassen »im Stil eines musizierenden Engels von Melozzo« – wie sich Fadigati eines Tages in väterlicher Bewunderung ausdrückte –, und bevor sie zugab, daß sich nur eine einzige Locke löste, hätte sie sogar auf das Gehen verzichtet, geschweige denn auf den Stil ihres »drive« geachtet oder ein »backhand« gegeben.

Nichtsdestoweniger schien sich Fadigati für unser Spiel sehr zu

begeistern, wie schwach und langweilig es auch war. »Schöner Ball!« »Beinahe!« »Schade!« – er war voller Lob für jeden von uns, und hatte für jeden Ball einen Kommentar bereit, leider zuweilen auch einen unangebrachten.
Manchmal schleppte sich übrigens unser Ballschlagen selbst für einen Zuschauer von seiner Nachsicht gar zu langweilig dahin.
»Warum machen Sie nicht ein richtiges Spiel?« schlug er vor.
»Um Gotteswillen«, wehrte Cristina ab und errötete, »ich bekomme doch keinen einzigen Ball!«
Aber er wollte nicht auf sie hören.
»Energie und Ausdauer!« forderte er gutgelaunt. »Doktor Fadigati setzt für das Siegerpaar einen Preis aus: zwei prachtvolle Flaschen Orangeade San Pellegrino!«
Er eilte in das Wärterhäuschen und holte einen wurmstichigen, wackeligen Schiedsrichterstuhl heraus, der mindestens zwei Meter hoch war, schleppte ihn auf die eine Seite des Platzes und kletterte schließlich hinauf. Es wurde schon langsam dunkel; gegen das Licht gesehen, schien sein Hut wie von einer Aureole von Mücken umgeben. Aber, auf seinem Stuhl kauernd wie ein großer Vogel, blieb er da oben sitzen und rief mit metallischer Stimme einen Punkt nach dem andern aus, hartnäckig bemüht, bis zum letzten seine Aufgabe als Unparteiischer zu erfüllen. Es war klar, er wußte nicht, wie er sonst die furchtbare Leere dieser Tage ausfüllen sollte.

12

Wie so oft an der Adria änderte sich Anfang September plötzlich das Wetter. Es regnete nur einen einzigen Tag und zwar am einunddreißigsten August. Aber das schöne Wetter tags darauf vermochte niemand zu täuschen. Das Meer war bewegt, und es war grün, von einem Pflanzengrün; der Himmel hatte die übertriebene Transparenz eines Edelsteins. Und in die milde Wärme der Luft war eine kleine, nachhaltige Spur von Kälte eingedrungen.

Die Zahl der Feriengäste begann sich sogleich zu verringern. Aus den drei oder vier Zelt- und Sonnenschirmreihen am Strand wurden bald zwei und, nach einem neuerlichen Regentag, eine einzige. Auch die Kabinen der verschiedenen Badeanstalten wurden nach und nach abmontiert. Wenn man sich jetzt umwandte, konnte der Blick frei bis zu den Dünen schweifen, die noch vor wenigen Tagen mit einem kümmerlichen, sonnenversengten Gestrüpp bedeckt waren, während sie jetzt wie durch ein Wunder von einer unglaublichen Menge prachtvoller gelber Blumen, hochstengelig wie Lilien, getupft waren. Man brauchte die Küste der Romagna nur ein wenig zu kennen, um zu wissen, welche Bewandtnis es mit dieser Blütenpracht hatte. Der Sommer war zu Ende gegangen – von nun an würde er nur noch eine Erinnerung sein.

Ich nutzte die Gelegenheit, um zu arbeiten. Ich gedachte, im Oktober wenigstens in das Examen in Alter Geschichte zu gehen; deshalb schloß ich mich bis zum Mittag in meinem Zimmer ein und las die Vorlesungstexte.

Nichts anderes tat ich am Nachmittag bis zur Tennisstunde.

Eines Tages hörte ich nach dem Mittagessen, während ich gerade arbeitete (ich war auch am Morgen nicht an den Strand gegangen – gleich nach dem Aufstehen hatte mir das ferne Meerestosen jede Lust zum Baden genommen), vom Garten her die scharfe Stimme der Signora Lavezzoli. Ich konnte die Worte nicht verstehen. Doch sagte mir ihr Ton, daß sie entrüstet war.

Ich fing ein paar Worte auf: »Aber nein ... der Skandal von gestern abend ...«

Gegen wen war sie so aufgebracht? Warum besuchte sie uns, fragte ich mich verärgert. Und plötzlich dachte ich instinktiv an Fadigati.

Ich widerstand der Versuchung, ins Speisezimmer hinunterzugehen und hinter der zum Garten führenden Tür zu lau-

schen. Als ich mich eine Stunde darauf im Garten zeigte, war jedenfalls Signora Lavezzoli nicht mehr da. Mein Vater saß auf seinem Stammplatz, im Schatten einer Pinie. Als er meine Schritte auf dem Kiesweg hörte, blickte er von seiner Zeitung auf.
Ich war im Tennisdreß; mit einer Hand hielt ich das Fahrrad an der Lenkstange, in der anderen den Schläger. Dennoch fragte mich mein Vater:
»Wohin gehst du?«
Im Sommer vor zwei Jahren hatte ich in Riccione ein Verhältnis mit einer Mailänder Dame von etwa dreißig Jahren, einer Zufallsbekanntschaft meiner Mutter, gehabt. Ich hatte gerade mein Abitur gemacht, und es war mein erstes Erlebnis dieser Art. Mein Vater, der nicht wußte, ob er auf mein Abenteuer stolz sein, oder ob es ihn mit Sorge erfüllen sollte, beobachtete damals jede meiner Bewegungen. Es genügte, daß ich mich anschickte, das Haus zu verlassen oder mich einfach von unserem Zelt entfernte, daß er mir einen zugleich schüchternen und indiskreten Blick zuwarf ...
Und nun fand ich mit einemmal den gleichen Ausdruck von damals in seinen Blicken. Ich fühlte, wie mir das Blut in den Kopf stieg.
»Das siehst du doch«, gab ich trocken zurück.
Er wandte den Blick ab. Er wirkte nicht nur beunruhigt, sondern auch abgespannt. Der Besuch der Signora Lavezzoli, der ihm, wie ich erriet, unerwartet gekommen war, hatte ihn von seinem gewohnten Mittagsschläfchen abgehalten.
»Ich glaube nicht, daß du dort irgend jemand antriffst«, sagte er. »Vor einem Augenblick war Signora Lavezzoli hier. Sie wollte mit mitteilen, daß ihre Kinder heute nicht kommen. Die beiden Jungen haben zu lernen, und Cristina allein will sie nicht gehen lassen.«
Er warf einen Blick auf Fanny, die irgendwo hinten im Garten hockte und allein mit ihrer Puppe spielte. Wie sie uns den Rücken wandte, mit den kleinen Schulterblättern, die sich unter dem Pullover abzeichneten, und den von der Sonne ge-

bleichten Zöpfchen, schien sie noch schmächtiger und unreifer als sonst. Mein Vater wies auf den Korbstuhl ihm gegenüber.
»Setz dich doch einen Augenblick«, sagte er mit unsicherem Lächeln.
Er wollte mit mir sprechen, aber es war deutlich, daß es ihm peinlich war. Ich tat so, als ob ich ihn nicht gehört hätte.
»Es ist sehr nett gewesen, daß sie sich bemüht hat, aber ich gehe trotzdem«, sagte ich, wandte mich um und ging zur Gartentür.
»Ernesto hat geschrieben«, rief mir mein Vater noch vorwurfsvoll nach. »Willst du nicht einmal den Brief deines Bruders lesen?«
An der Gartentür drehte ich mich um, und im gleichen Augenblick hob Fanny den Kopf. Von weitem warf sie mir einen langen, wir mir schien, vorwurfsvollen Blick zu.
»Später, wenn ich zurückkomme«, erwiderte ich und radelte davon.
Bevor ich den umzäunten Platz betrat, sah ich plötzlich durch den Zaun Fadigati. Er stand neben dem Schiedsrichterstuhl, der vom vorigen Nachmittag stehengeblieben war; er rauchte und sah vor sich hin.
Er wandte sich um.
»Ach, Sie sind allein!« sagte er. »Und die andern?«
Ich lehnte das Fahrrad an den Zaun und trat auf ihn zu.
»Heute kommen sie nicht«, erwiderte ich.
Er lächelte schwach, mit verzerrtem Mund. In diesem Augenblick bemerkte ich, daß seine Oberlippe ziemlich angeschwollen war und daß ein Glas seiner schönen goldenen Brille einen doppelten Sprung zeigte.
»Ich weiß nicht, warum«, sagte ich und blickte ihn aufmerksam an. »Es heißt, Franco und Gilberto hätten zu lernen. Aber es kommt mir wie eine Ausrede vor. Jedenfalls hoffe ich ...«
»Ich werde Ihnen den Grund sagen«, unterbrach mich Fadigati bitter. »Es ist sicher die Geschichte von gestern abend.«
»Was für eine Geschichte?«
»Sagen Sie mir nicht, daß Sie sie noch nicht gehört hätten!«

sagte er mit einem verzweifelten Grinsen. »Allerdings habe ich Sie heute morgen nicht am Strand gesehen. Aber ist es möglich, daß Ihnen nicht später, bei Tisch, Ihre Eltern davon erzählt haben?«

Es fiel mir nicht schwer, ihn vom Gegenteil zu überzeugen. Ich hätte allerdings Signora Lavezzoli das Wort »Skandal« gebrauchen hören, und ich erklärte ihm die näheren Umstände; weiter aber wisse ich nichts.

So begann er denn mit abgewandtem Blick zu erzählen, wie er am Abend zuvor in der Halle des Grand Hotel »vor allen Leuten« eine »Diskussion« mit Deliliers gehabt habe.

»Ich machte ihm Vorwürfe, aber selbstverständlich mit leiser Stimme, über das Leben, das er letzthin führte – immer im Auto unterwegs ... so daß ich ihn, man kann sagen, fast überhaupt nicht mehr zu sehen bekomme. Und wissen Sie, was er plötzlich tut? Er steht auf und, *peng*, versetzt mir einen kräftigen Faustschlag mitten ins Gesicht!«

Er berührte die geschwollene Oberlippe.

»Hier, können Sie es sehen?«

»Tut es Ihnen weh?«

» O nein«, sagte er achselzuckend. »Zwar stürzte ich zu Boden und begriff im ersten Moment nichts mehr. Aber, was wollen Sie, was kann ein Faustschlag im Grunde bedeuten? Und auch der Skandal: was kann mir der Skandal bedeuten ... im Vergleich zum übrigen?«

Er schwieg. Und auch ich schwieg verlegen. Ich dachte an seine Worte: »im Vergleich zum übrigen«; und ich sah vor mir das Bild seines Schmerzes, der der Schmerz des gedemütigten Liebhabers war – ein Bild, das, wie ich gestehe, mich mehr abstieß, als daß es mein Mitleid erregte.

Aber ich hatte ihn nur halb verstanden.

»Als ich heute um ein Uhr mittags vom Strand ins Hotel zurückkam«, nahm Fadigati seinen Bericht wieder auf, »erwartete mich die bitterste Überraschung. Sehen Sie sich an, was ich im Zimmer gefunden habe!«

Er zog einen zerknitterten Zettel aus der Jackettasche.
»Lesen Sie bitte!«
Es war nicht viel zu lesen, aber es genügte. Ich las, in Druckschrift mit Bleistift geschrieben, nur die folgenden Worte:

DANK UND VIELE GRÜSSE
VON ERALDO

Ich faltete das Blatt viermal zusammen und gab es ihm zurück.
»Er ist abgereist, ja ... er ist fort«, sagte er. »Aber das größte Unglück«, fügte er mit bebender Oberlippe und bebender Stimme hinzu, »ist, daß er mir alles fortgenommen hat.«
»Alles?« fragte ich verdutzt.
»Allerdings. Außer dem Auto, das übrigens ihm gehörte – ich hatte es eigens für ihn gekauft –, hat er auch alles übrige mitgenommen: meine Anzüge, meine Wäsche, meine Krawatten, zwei Koffer, eine goldene Uhr, ein Scheckbuch und etwa tausend Lire, die ich im Nachttisch verwahrte. Er hat wirklich nichts vergessen von dem, was mir gehörte: nicht einmal das Briefpapier mit meinem Namen, nicht meinen Kamm und meine Zahnbürste!«
Er schloß mit einem seltsamen, wie exaltierten Schrei. Als hätte gleichsam die Aufzählung aller von Deliliers ihm gestohlenen Gegenstände zur Folge gehabt, daß sie seine Qual in ein stärkeres Gefühl von Stolz und Befriedigung verwandelte.
Es kamen Leute – zwei junge Männer und zwei junge Mädchen, alle vier auf dem Fahrrad.
»Es ist dreiviertel sechs!« rief eins der jungen Mädchen mit einem Blick auf die Armbanduhr. »Wir haben den Platz für sechs Uhr gemietet, aber dürfen wir, da doch keiner spielt, schon jetzt hereinkommen?«
Ich verließ mit Fadigati den Platz. Schweigend gingen wir die kleine Robinien-Allee hinab, an deren Ende die rote Mauer des Café Zanarini stand. Dort, im Hof, war ein Kommen und Gehen von Kellnern, die über die Zement-Tanzfläche Tische und Stühle transportierten.

»Und was«, fragte ich, »wollen Sie jetzt tun?«
»Ich reise heute abend ab. Es gibt einen Eilzug, der um neun Uhr abends von Rimini abfährt und in Ferrara ungefähr um zwölf Uhr nachts eintrifft. Ich hoffe, daß mir noch genug Geld geblieben ist, um die Hotelrechnung zu bezahlen.«
Ich blieb stehen und blickte ihn an. Er trug einen Stadtanzug mit Filzhut und allem Zubehör. »Also ist es nicht wahr, daß ihm Deliliers alles fortgenommen hat«, dachte ich, während ich seinen Filzhut betrachtete. »Also übertreibt er ein bißchen!«
»Warum zeigen Sie ihn nicht an?« fragte ich kühl.
»Anzeigen?« brummte er und starrte mich überrascht an.
In seinen Augen blitzte es plötzlich wie Spott.
»Ich soll ihn anzeigen?« wiederholte er und sah mich an wie jemand, der, ohne es zu ahnen, etwas Lächerliches gesagt hat. »Aber halten Sie das für denkbar?«

13

Wir verließen Riccione am 10. Oktober, einem Samstagnachmittag.
Mitte September war das Barometer auf »Beständig schön« stehengeblieben. Es waren prachtvolle Tage gekommen, an denen keine Wolke am Himmel stand und das Meer ganz ruhig war. Aber wer achtete noch darauf? Wer hatte noch den Sinn für diese Dinge? Das, was mein Vater so sehr befürchtet hatte, war im Begriff, Wirklichkeit zu werden. Es war noch keine Woche nach der Abreise Fadigatis, daß in sämtlichen italienischen Blättern, mit dem »Corriere Ferrarese« an der Spitze, jene leidenschaftliche Verleumdungskampagne begann, die uns nach Verlauf eines Jahres die Rassengesetze von 1938 brachte.
Ich erinnere mich an diese ersten Tage wie an einen Alpdruck. An meinen Vater, wie er niedergedrückt des Morgens auf die

Jagd nach Zeitungen ging, an die Augen meiner Mutter, deren Lider vom ewigen Weinen geschwollen waren, an Fanny, die in ihrer Unwissenheit dennoch auf irgendeine Weise alles wußte, und an die qualvolle Lust, mit der ich mich in hartnäckigem Schweigen verschloß. Um nicht gezwungen zu sein, Signora Lavezzoli über Christentum und Judentum debattieren zu hören, wie wenn nichts geschehen wäre, vielleicht gar noch über die Schuld, die mehr oder weniger den »Israeliten« an der Kreuzigung Jesu Christi zukam (grundsätzlich mißbilligte sie die neue Politik der Regierung uns gegenüber, jedoch auch den Papst, zumal eine Ansprache aus dem Jahre 1929), ließ ich mich auch am Strand nicht mehr sehen. Es genügte mir schon, meinem Vater zuhören zu müssen, der sich in müßiger Polemik mit den giftigen Zeitungsartikeln, die er ständig las, darauf versteifte, die patriotischen oder geradezu faschistischen Verdienste der italienischen Juden aufzuzählen. Ich gab mir Mühe, mich weiter auf mein Examen vorzubereiten. Vor allem aber machte ich weite einsame Radtouren in das rückwärts gelegene Hügelland. Einmal war ich, ohne meine Eltern vorher zu unterrichten, bis nach San Leo und der Carpegna vorgedrungen und im ganzen beinahe drei Tage fortgeblieben, mit dem Resultat, daß ich bei meiner Rückkehr meinen Vater und meine Mutter in Tränen vorfand. Ich dachte immer nur an unsere bevorstehende Rückkehr in die Stadt. Ich dachte daran mit einer Art von Grauen, einem allmählich wachsenden Gefühl der Beklemmung.
Schließlich begann es wieder zu regnen, und wir mußten heimkehren.
Wie immer nach den Sommerferien, konnte ich dem Wunsch nicht widerstehen, sogleich nach der Rückkehr mit dem Rad eine Fahrt durch die Stadt zu machen. Ich ließ mir das Fahrrad vom Portier unseres Hauses, dem alten Tubi, geben, und bevor ich noch mein Zimmer betreten oder mit Vittorio Molon und Nino Bottecchiari telefoniert hätte, fuhr ich los, ohne ein bestimmtes Ziel zu haben.

Am Abend war ich bis zur *Mura degli Angeli* gelangt, wo ich als Kind und Jüngling so viele Nachmittage verbracht hatte; ich radelte auf dem Weg oben auf der Bastion weiter und war bald bis zur Höhe des jüdischen Friedhofs gekommen.

Ich stieg vom Rad und lehnte mich an einen Baum.

Unter mir lag der Friedhof, auf dem unsere Toten begraben lagen. Zwischen den wenigen Grabsteinen, die aus der Ferne gesehen klein wirkten, gingen ein Mann und eine Frau in mittleren Jahren umher – wohl zwei Fremde, sagte ich mir, die sich zwischen zwei Zügen in Ferrara aufhielten und denen es gelungen war, von Doktor Levi den notwendigen Dispens zu erhalten, um den Friedhof am Samstag zu besuchen. Sie gingen zwischen den Gräbern mit der Behutsamkeit und Distanz von Gästen, von Fremden, umher. Und plötzlich, als ich auf die weite Stadtlandschaft zu meinen Füßen blickte, die sich da unten in ihrer ganzen Ausdehnung zeigte, fühlte ich mich von einer großen Zärtlichkeit, von Frieden und Dankbarkeit erfüllt. Die untergehende Sonne durchbrach eine dunkle Wolkendecke tief am Horizont und tauchte alles in helles Licht: den jüdischen Friedhof zu meinen Füßen, die Apsis und den Campanile der Kirche von San Cristoforo etwas weiter und im Hintergrund, hoch über dem braunen Häusermeer, die gewaltigen Bauwerke des Kastells der Este und des Doms. Es hatte mir genügt, das mütterliche Gesicht meiner Stadt unverändert wiederzufinden, es noch einmal ganz für mich zu haben, damit das grausame Gefühl des Ausgeschlossenseins, das mich in den vergangenen Tagen gequält hatte, mit einem Male von mir wich. Die zukünftigen Verfolgungen und Massaker, die uns vielleicht erwarteten (ich hatte von Kind auf davon als einer für uns Juden stets bestehenden Eventualität sprechen hören), machten mir nicht mehr Angst.

»Außerdem, wer weiß?« – wiederholte ich mir auf der Heimfahrt. Wer konnte in die Zukunft sehen?

Die Illusion währte jedoch nicht lange, wenigstens nicht für mich.

Als ich am nächsten Morgen unter den Arkaden des Corso Roma am Café vorbeikam, rief plötzlich jemand meinen Namen.

Es war Nino Bottecchiari. Er saß allein an einem Tisch vor dem Café, und es fehlte wenig, daß er beim Aufstehen sein Espresso-Täßchen umgeworfen hätte.

»Willkommen!« rief er und kam mit offenen Armen auf mich zu. »Seit wann haben wir die Ehre und das Vergnügen, dich wieder unter uns zu haben?«

Als ich ihm sagte, daß ich seit dem vorigen Nachmittag, fünf Uhr, wieder in Ferrara war, warf er mir vor, daß ich ihn noch nicht angerufen hatte.

»Natürlich wirst du mir jetzt erzählen, daß du es heute vorhattest, zur Mittagszeit«, fügte er mit einer Art liebevoller Bitterkeit hinzu. »Leugne, wenn du kannst!«

Ich hatte wirklich in dem Augenblick, als er meinen Namen rief, daran gedacht, ihn anzurufen; aber gerade deswegen schwieg ich nun verlegen.

»Komm, ich lade dich zu einem Kaffee ein«, sagte Nino, schob seinen Arm unter den meinen und suchte, mich an seinen Tisch zu führen.

»Begleite mich nach Hause«, schlug ich vor.

»So früh? Es ist doch noch nicht einmal zwölf Uhr! Komm! Du willst doch nicht das Ende der Messe versäumen!«

Er ging mir zwischen den kleinen Tischen voran. Ich folgte ihm, wenn auch ungern, bis ich mit einemmal stehenblieb. Alles quälte, alles verletzte mich.

»Na, was ist denn los?« fragte Nino, der sich schon wieder gesetzt hatte.

»Entschuldige, aber ich muß gehen«, stammelte ich und hob die Hand zum Gruß.

»Warte doch!«

Die übrigen Gäste waren sofort auf uns aufmerksam geworden durch Ninos lautes Rufen und die Umstände, die sein Bezahlen machte (der alte Giovanni konnte ihm nicht auf fünfzig

Lire herausgeben und mußte, schlurfend und murrend, erst in die Apotheke nebenan gehen, um zu wechseln). Ich fühlte mich beharrlich von vielen Blicken beobachtet. Selbst am Tisch der »Alten Kämpfer«, der Squadristi, an dem heute außer dem üblichen Triumvirat Aretusi – Sturla – Bellistracci der *Segretario Federale*[30] Bolognesi und der Sekretär des faschistischen Studentenverbandes, Gino Cariani, saßen, erstarb plötzlich die bisher recht lebhafte Unterhaltung. Nach einem verstohlenen Blick auf mich beugte sich Cariani, servil wie immer, zu Aretusi, um ihm etwas ins Ohr zu flüstern. Ich sah, wie er eine Grimasse zog und ernst nickte.

Während ich darauf wartete, daß Nino der Rest auf seinen Fünfzig-Lire-Schein herausgegeben wurde, entfernte ich mich ein paar Schritte. Es war ein sehr schöner Tag. Der Corso Roma wirkte heiter und belebt wie noch nie. Unter den Arkaden des Cafés stehend, blickte ich müßig auf die Straße, auf der sich Dutzende von Fahrrädern, schimmernd von Lack und Chrom, zumeist von Gymnasiasten gefahren, durch die sonntägliche Menge schlängelten. Ein blonder Junge von zwölf oder dreizehn Jahren, der noch kurze Hosen trug, raste auf einem blauen Rennrad, Marke *Bianchi*, vorbei. Er hob einen Arm und schrie: »Heda!« Ich fuhr zusammen und blickte ihm nach, um zu sehen, wer es war; aber er war bereits um die Ecke des Corso Giovecca verschwunden.

Endlich erschien Nino.

»Entschuldige«, sagte er atemlos. »Aber mit dieser Schnecke von Giovanni muß man Geduld haben.«

Wir gingen nebeneinander auf dem linken Bürgersteig in der Richtung auf den Dom.

Nino erzählte unterdessen von sich und seiner Familie; sie waren wie in den früheren Jahren auch diesmal in Moëna im Fassa-Tal gewesen. Wiesen, Tannen, Kühe und Kuhglocken – das übliche, so daß er es – was er jetzt bedauerte – für überflüssig gehalten hatte, die schon zum Ritus gewordene Ansichtskarte zu schicken. Ja, er hatte sich ziemlich gelangweilt...

Ein Glück jedoch, daß im August sein Onkel Mauro, der einstige sozialistische Abgeordnete, für vierzehn Tage ihr Gast gewesen war und sogleich nach seiner Ankunft eine elektrisierende Wirkung auf das Familienleben ausgeübt hatte. Er hatte auch einige schöne Wanderungen mit seinem Onkel unternommen.

»Der Alte ist noch immer auf Draht – das garantiere ich dir«, und er zwinkerte mir zu. »Was für ein Kerl! Er kletterte die Berge hinauf, daß es eine Lust war, und sang dabei aus vollem Halse die »Rote Fahne«. Kurz gesagt, wir haben Freundschaft geschlossen; und er hat mir sogar versprochen, daß er mich, sobald ich meinen Doktor gemacht habe, in sein Büro zu meiner weiteren Ausbildung nimmt ...«

Wir standen vor dem Haupteingang des erzbischöflichen Palais.

»Gehen wir hier durch«, schlug Nino vor.

Er ging mir in dem kühlen, dunklen Torgang voran. Am Ende lag, ganz im Sonnenschein, in einem starren Leuchten der Garten des Innenhofs. Und plötzlich war der Lärm des Corso Roma weit fort, ein dumpfes Brausen, aus dem man kaum die Glocken der Fahrräder heraushörte.

Nino blieb stehen.

»Übrigens«, fragte er, »hast du von Deliliers gehört?«

Ein seltsames Schuldgefühl bemächtigte sich meiner.

»Aber ja«, stammelte ich verwirrt. »Ich habe ihn in Riccione im vergangenen Monat gesehen. Aber wir gehörten nicht zur selben Clique. Ich habe ein oder zweimal mit ihm gesprochen ...«

»Das weiß ich selbstverständlich«, unterbrach mich Nino. »Die Nachricht, daß er zusammen mit Fadigati, diesem alten Schulschiff, in Riccione war, ist sogar nach Moëna gedrungen. Nein, nicht davon wollte ich sprechen.«

Und ohne mir Zeit zu lassen, meine Verlegenheit zu überwinden, teilte er mir mit, daß er vor einer Woche einen Brief von Deliliers erhalten hatte – einen Brief aus Paris. Schade, daß er ihn nicht bei sich habe, sagte er und klopfte mit der flachen Hand auf die Jackettasche. Er würde ihn mir aber in jedem Fall noch zeigen – es lohne sich. Ein Dokument von so abstoßendem Zynismus sei ihm noch nie unter die Augen gekommen.

»Wie ekelerregend!« rief er emphatisch aus. »Weißt du noch, was er uns einmal sagte? Daß er eines Tages einen kleinen Coup landen wollte, um sich dann ... dem Boxsport zu widmen! Man stelle sich vor: dem Boxsport! Inzwischen wird er schon wieder einem anderen vermögenden ›Freund‹ auf dem Halse liegen – ich meine, ihn zu sehen. Wäre Frankreich nicht solch ein Sumpf – und hier hat der Faschismus recht –, würde es sich hüten, Abenteurern von dieser Sorte die Aufenthaltserlaubnis zu geben ... Aber weißt du, was wir in Italien mit ihnen machen sollten? Sie einfach erschießen, und fertig. Aber gibt es überhaupt eine italienische Gesellschaft? Eine Gesellschaft, meine ich, die diesen Namen verdient? Und der Ton seines Briefes! Er überhäuft uns mit Beleidigungen, betrachtet uns allesamt als Söhne reicher Eltern, als Provinzler, als Bourgeois ... Natürlich zieht er auch über dich her.«

»Was sagt er über mich?« fragte ich mechanisch. »Wahrscheinlich wird er mich einen schmutzigen Juden nennen.«

Nino antwortete nicht sogleich. Im Halbdunkel des Torgangs sah ich, wie er rot wurde.

»Komm, die Messe wird gleich aus sein«, sagte er und faßte mich am Arm.

Und fast mit Gewalt zog er mich zu einem Nebenausgang des erzbischöflichen Palais, zu dem, der an der Ecke der Via Gorgadello auf den Domplatz führt.

14

Die Mittagsmesse war noch nicht beendet. Aber schon versammelte sich eine kleine Menge von jungen Leuten und Müßiggängern, von der Piazza delle Erbe und vom Corso Roma kommend, im Halbkreis vor dem Dom.

Noch vor wenigen Monaten hatte ich an keinem Sonntag das Herausströmen der Kirchgänger aus dem Dom oder aus San Carlo nach Beendigung der Messe um halb ein Uhr versäumt. Ich würde schließlich auch heute nicht fehlen. Aber ich würde mich heute nicht unter die Menge mischen und lachen und scherzen über das einzige Thema: das bevorstehende Defilee der jungen Mädchen aus guter Familie mit ihren Müttern. Wie ich hier am Tor des erzbischöflichen Palais lehnte, verbannt in einen Winkel des Platzes (daß Nino Bottecchiari neben mir stand, steigerte nur noch meine Bitterkeit), fühlte ich mich ausgeschlossen und in nicht wieder gutzumachender Weise nicht dazugehörig.

In diesem Augenblick erscholl der heisere Ruf eines Zeitungsverkäufers.

Es war Cenzo, fast ein Kretin von unbestimmbarem Alter, schielend und hinkend, immer unterwegs mit einem großen Bündel von Zeitungen unter dem Arm. Als ein leidenschaftlicher Anhänger des Sportvereins *Estense*, überdies allgemein beliebt in der Stadt, wurde er für gewöhnlich von jedermann, auch von mir, mit einem gutmütigen Schlag auf die Schulter oder einem freundlich gemeinten Schimpfwort begrüßt.

Über das Pflaster schlurfend ging Cenzo zur Mitte des Platzes, wobei er in der Rechten eine aufgeschlagene Zeitung hochhielt.

»In Kürze Maßnahmen des Großen Faschistischen Rats gegen die Juden zu erwarten!«, heulte er gleichmütig, mit hohler Stimme.

Und während Nino voller Unbehagen schwieg, fühlte ich mit einem unbeschreiblichen Widerwillen den alten, atavistischen

Haß des Juden gegen alles, was christlich, katholisch – kurz, was *goiisch* ist. Ich dachte auch an die Straßen wie Via Mazzini, Via Vignatagliata oder den Vicolo Torcicorda – an dieses Labyrinth enger Gassen, die im Winter feucht, im Sommer erstickend waren und die einmal das Ghetto von Ferrara gebildet hatten. *Goi* und *Gojim* – welch eine Schmach, welch eine Demütigung, welch einen Schauder bereitete es mir, daß ich mich dieser Ausdrücke bediente! Und doch war ich bereits dazu fähig wie irgendein Jude aus Osteuropa, der noch nie außerhalb eines Ghettos gelebt hat. Jetzt war ich überzeugt, daß sie, die *Gojim,* uns über kurz und lang zwingen würden, wieder in jenem mittelalterlichen Viertel zu leben, das wir ja schließlich auch erst vor siebzig, achtzig Jahren verlassen hatten. Hinter Gittern zusammengepfercht wie geängstigte wilde Tiere, würden wir nie wieder dem Ghetto entkommen.

»Es war mir unangenehm, mit dir darüber zu sprechen«, begann Nino, ohne mich anzusehen, »aber du kannst dir kaum vorstellen, wie das, was jetzt geschieht, mich betrübt. Mein Onkel, der ehemalige Abgeordnete, ist pessimistisch; es ist zwecklos, daß ich es dir verheimliche. Das ist außerdem ganz natürlich, denn er hat immer nur gewünscht, daß die Dinge einen so schlechten Verlauf wie nur möglich nähmen. Ich aber glaube es nicht. Trotz allem Anschein glaube ich nicht, daß Italien euch gegenüber den gleichen Weg einschlagen wird wie Deutschland. Du wirst sehen, daß am Ende alles wie üblich eine Seifenblase war.«

Ich hätte Nino dafür dankbar sein sollen, daß er das Thema angeschnitten hatte. Was hätte er im Grunde auch anders sagen können? Statt dessen war ich ihm nicht dankbar. Noch während er sprach, gelang es mir kaum, meinen Ärger zu verbergen, den mir seine Worte und vor allem der Ton, in dem sie gesagt wurden, verursachten – der enttäuschte Ton seiner Stimme. »Alles wird wie üblich eine Seifenblase gewesen sein«, hatte er gesagt. Konnte man plumper, unsensibler und auf stumpfsinnigere Weise mehr *Goi* sein, als er es war?

Ich fragte ihn, warum er im Gegensatz zu seinem Onkel so optimistisch sei.
»Ach, wir Italiener sind zu große Hanswurste«, erwiderte er, ohne zu zeigen, daß er meine Ironie bemerkt habe. »Wir können von den Deutschen alles mögliche übernehmen, sogar den Paradeschritt, nicht aber ihr tragisches Lebensgefühl. Wir sind zu alt, glaube es mir, zu skeptisch und zu erfahren!«
Erst an diesem Punkt des Gesprächs mußte ihm mein Schweigen sagen, wie inopportun, wie unvermeidlich zweideutig seine Worte klangen. Mit einemmal änderte sich der Ausdruck seines Gesichts.
»Um so besser, nicht wahr?« sagte er mit erzwungener Heiterkeit. »Es lebe unsere jahrtausendealte lateinische Weisheit!«
Er war überzeugt, daß bei uns der Antisemitismus niemals Wurzel fassen würde. Man brauchte doch nur an Ferrara zu denken – und wer weiß, wie viele italienische Städte, »soziologisch gesprochen«, Ferrara glichen –, um zu verstehen, daß eine klare Trennung des jüdischen »Elements« von dem sogenannten »arischen« in der Praxis nicht durchführbar war. Die »Israeliten« gehörten insgesamt oder doch nahezu insgesamt zum vornehmsten Bürgertum der Stadt – ja, in einem gewissen Sinne bildeten sie den Kern, das Rückgrat, dieses Bürgertums. Allein die Tatsache, daß die meisten von ihnen Faschisten waren – und viele sogar Faschisten »der ersten Stunde« –, bewies ihre vollkommene Solidarität und Verschmelzung mit der Umwelt. Konnte man sich einen typischeren Israeliten und zugleich typischeren Ferraresen vorstellen als den Rechtsanwalt Geremia Tabet, um nur den ersten Namen zu nennen, der ihm in den Sinn kam, und der zu dem engen Personenkreis gehörte (zusammen mit Carlo Aretusi, Vezio Sturla, Osvaldo Bellistracci, dem Konsul Bolognesi und ein paar anderen), der im Jahre 1919 die erste Ortsgruppe der faschistischen Kampfbünde gegründet hatte? Und wer war mehr einer der unsrigen als der alte Doktor Corcos, Elia Corcos, der berühmte Kliniker, der so sehr zu Ferrara gehörte, daß,

streng genommen, sein Bildnis in das Stadtwappen aufgenommen werden könnte? Und mein Vater? Und der Rechtsanwalt Lattes, der Vater Brunos? Nein, nein. Man brauchte nur das Telefonbuch zu durchblättern, wo die israelitischen Namen untrennbar von der Nennung eines freien oder akademischen Berufs waren, um sogleich ein Gefühl dafür zu haben, wie unmöglich es war, in Ferrara eine Rassenpolitik durchzuführen, die auch nur im geringsten ernst gemeint war. Eine solche Politik hätte nur dann »Anklang« finden können, wenn Familien von der Art der Finzi-Contini häufiger wären, mit ihrer Neigung, sich in einem großen Adelspalais abzuschließen und mit so gut wie niemandem zu verkehren (ihm selbst, Nino, war es noch nicht gelungen, obwohl er Alberto Finzi-Contini recht gut kannte, seinen Fuß auf ihren prachtvollen Privat-Tennisplatz zu setzen!). Nur waren in Ferrara gerade die Finzi-Contini eine Ausnahme. Und, übrigens, erfüllten nicht auch sie eine unerläßliche »historische Funktion«, indem sie mit dem Besitz des Palais am Corso Ercole sowie der Ländereien und erst recht mit ihrer exklusiven Lebensführung an die Stelle einer alten, nunmehr erloschenen Adelsfamilie Ferraras getreten waren?

Das und noch mehr, an das ich mich nicht mehr erinnere, sagte er. Auch ich vermied seinen Blick, während er sprach. Der Himmel über dem Platz war von Licht überflutet; wenn man den Tauben nachsah, die von Zeit zu Zeit aufflogen, mußte man die geblendeten Augen beinahe schließen.

Plötzlich legte er mir die Hand auf den Arm.

»Ich brauche deinen Rat«, erklärte er. »Den Rat eines Freundes.«

»Worum handelt es sich?«

»Versprichst du mir, vollkommen aufrichtig zu sein?«

»Aber selbstverständlich.«

Vor einigen Tagen – so mußte ich wissen – war »dieses Reptil« Gino Cariani an ihn herangetreten und hatte ihm ohne große Umstände den Vorschlag gemacht, den Posten des Kulturreferenten zu übernehmen. Sein erster Impuls war gewesen, abzulehnen. Dann aber, wie er darüber nachgedacht hatte ... Auch heute morgen im Café war Cariani, kurz bevor ich erschienen war, auf das Thema zurückgekommen.

»Was soll ich tun?« fragte er nach einer Weile.

Unschlüssig biß er die Zähne zusammen, und ich schwieg. Aber schon sprach er weiter.

»Du kennst die Traditionen meiner Familie«, sagte er. »Nun kannst du aber sicher sein: wenn mein Vater erfährt, daß ich Carianis Vorschlag abgelehnt habe, so rauft er sich buchstäblich die Haare aus. Genau das wird geschehen. Und glaubst du, daß mein Onkel, der ehemalige sozialistische Abgeordnete, sich anders verhalten würde? Papa braucht ihn nur zu bitten, mit mir ein ernstes Wort zu reden, und sofort wird er ihm seinen Willen tun, und sei es nur, um jeden Verdacht der Proselytenmacherei von sich abzuwenden. Ich sehe schon sein Gesicht vor mir, wenn er mich gutmütig ermahnt, meine Entscheidung zurückzunehmen. Ich höre schon seine Worte. Er wird mir sagen, ich solle mich nicht wie ein Kind benehmen, sondern es mir noch einmal überlegen, weil nun einmal im Leben, und so weiter und so weiter.«

Er lachte angewidert.

»Schau«, fügte er hinzu, »ich habe so wenig Achtung vor der Natur des Menschen und vor dem Charakter des Italieners im besonderen, daß ich nicht einmal für mich selbst garantieren kann. Wir leben, mein Lieber, in einem Lande, wo vom Römischen, ich meine, vom Römischen im Sinne der Antike, nur noch der Gruß mit dem erhobenen Arm geblieben ist. Nun frage auch ich mich: *à quoi bon?* Schließlich, wenn ich mich weigere ...«

»Tätest du sehr unrecht«, unterbrach ich ihn ruhig.

Er musterte mich mit einer Spur von Mißtrauen.

»Sprichst du im Ernst?«

»Selbstverständlich. Ich sehe nicht ein, warum du nicht trachten solltest, in der Partei – oder durch die Partei – Karriere zu machen. Wenn ich an deiner Stelle wäre ... ich meine, wenn ich wie du Jura studierte ..., würde ich es mir keinen Augenblick überlegen.«

Ich hatte mich bemüht, nichts von dem zu zeigen, was ich wirklich empfand. Seine Miene hellte sich auf. Er zündete sich eine Zigarette an. Meine Objektivität, meine Uneigennützigkeit, hatten ihm Eindruck gemacht.

Er danke mir für meinen Rat, sagte er und stieß nach dem ersten Zug an seiner Zigarette den Rauch aus. Darüber, ob er ihn befolgen würde, wollte er allerdings noch ein paar Tage nachdenken. Er wollte klarsehen, was die Dinge und was ihn selbst betraf. Zweifellos befand sich der Faschismus in einer Krise. War es nun eine Krise innerhalb des Systems – oder des Systems? Handeln, gut – aber wie? Sollte man versuchen, *von innen her* die Dinge zu ändern oder gleich ...

Er schloß mit einer vagen Handbewegung.

Jedenfalls wolle er mich in den nächsten Tagen in meiner Wohnung aufsuchen. Zwar sei ich ein Literat, ein »Dichter« – er lächelte und bemühte sich wieder, den zugleich herzlichen und gönnerhaften Ton des erfahrenen Politikers anzunehmen. Er aber lege jedenfalls größten Wert darauf, die ganze Frage mit mir noch einmal durchzusprechen. Wir müßten miteinander telefonieren, müßten uns sehen, unter allen Umständen in Kontakt bleiben – kurz: »reagieren«!

»Übrigens«, fragte er plötzlich mit einem Stirnrunzeln, »wann hast du dein erstes Examen in Bologna? Daß wir nicht vergessen, unser Eisenbahnabonnement zu erneuern ...«

15

Ich sah Fadigati wieder.

Es war nachts auf der Straße – in einer feuchten, nebligen Novembernacht, nach Allerseelen. Ich kam aus dem Bordell in der Via Bomporto und stand noch unschlüssig vor der Tür; in meinen Kleidern spürte ich den üblichen widerlichen Geruch, so daß ich mich nicht entschließen konnte, sogleich nach Hause zu gehen, sondern Lust hatte, auf der nahegelegenen Bastion etwas frische Luft zu schöpfen.

Es herrschte vollkommene Stille. Aus dem Bordell hinter mir drang das müde Gespräch dreier Stimmen. Es waren zwei Männer und eine Frau, die über Sport sprachen, über Fußball. Die beiden Männer beklagten es, daß die Mannschaft der *U. S. Estense,* die in den Jahren nach dem Ersten Weltkrieg eine der stärksten Mannschaften Norditaliens gewesen war (1923 hätte sie sogar um ein Haar die Meisterschaft gewonnen), nun immer mehr heruntergekommen war und jedes Jahr darum zu kämpfen hatte, wenigstens in der Kategorie C zu bleiben. Ach, als Condorelli noch Mittelläufer war! Als Beppe und Ilario Banfi und der große Baúsi noch dabei waren! Was für Zeiten! Die Frau beteiligte sich nur selten am Gespräch, meist mit Aussprüchen wie: »Das liegt daran, daß ihr Ferraresen zu viel poussiert« oder: »Was euch kaputtmacht, ist nicht, daß ihr zu oft mit einem Mädchen aufs Zimmer geht, sondern daß ihr immer nur sehen wollt . . .« Die beiden Männer schwiegen für ein Weilchen, wie wenn sie über das Gehörte nachdächten; dann begannen sie von neuem mit dem alten Thema. Es mußten ältere Männer sein, von fünfundvierzig oder fünfzig Jahren, alte Raucher. Die Frau war jedenfalls nicht aus Ferrara. Vielleicht aus Venetien oder aus dem Friaul.

Ein schwerer Schritt näherte sich langsam, zuweilen über die spitzen Kieselsteine der schmalen Gasse stolpernd.

»Darf man erfahren, was du eigentlich willst? Du hast wohl Hunger, wie?«

Der Nebel war so dicht, daß ich die Stimme Fadigatis hörte, bevor ich ihn selbst sah.
»Mein dummes Schmutzlieschen, wenn du nichts Schlimmeres bist!« fuhr er mit klagendem Tonfall, in dem eine manierierte Zärtlichkeit lag, fort. »Du mußt wissen, daß ich auch rein gar nichts für dich habe!«
Mit wem sprach er?
Endlich sah ich ihn. In dem gelben Schein der einzigen Straßenlaterne tauchte plötzlich seine massige Gestalt auf. Ein wenig zur Seite geneigt, bewegte er sich nur langsam vorwärts, wobei er fortwährend sprach – zu einem Hund, wie ich nun feststellte.
Ein paar Meter von mir entfernt blieb er stehen.
»Also, willst du mich nun in Ruhe lassen oder nicht?«
Er sah dem Hund in die Augen und erhob den Zeigefinger zu einer drohenden Gebärde. Das Tier, eine Bastardhündin mit weißem, braungeflecktem Fell (wahrscheinlich war sie das Produkt einer Kreuzung zwischen einer Bracke und einem Foxterrier) erwiderte mit einem feuchten, angsterfüllten Blick von unten, während sie verzweifelt mit dem Schweif wedelte. Sie kroch dabei über den Kies dem Arzt vor die Füße. Im nächsten Moment würde sie sich auf dem Rücken wälzen, den Bauch und die Pfoten in der Luft, und sich so ganz seiner Gnade anheimgeben.
»Guten Abend.«
Er löste seinen Blick von dem des Hundes und sah mich an.
»Wie geht's?« fragte er. Er hatte mich sofort erkannt.
Wir gaben uns die Hand. Wir standen uns vor der Haustür des Bordells gegenüber. Wie alt er geworden war! Auf den schlaff herabhängenden Wangen sproßte ein struppiger, grauer Bart, der ihm das Aussehen eines Mannes von sechzig Jahren gab. Seine entzündeten Augenlider verrieten überdies, daß er müde war und wenig schlief. Und doch, der Blick hinter den Augengläsern war noch immer lebhaft, von wacher Aufmerksamkeit...
»Auch Sie sind magerer geworden, wissen Sie das? Aber es

steht Ihnen gut; und ob es Ihnen gut steht! Es macht Sie männlicher«, erklärte er. »Sehen Sie: manchmal kommt es im Leben nur auf ein paar Monate an. Manchmal zählen ein paar Monate mehr als lange Jahre.«

Die Tür wurde geöffnet, und vier oder fünf junge Männer kamen heraus, Burschen aus der Vorstadt, wenn nicht gar vom Lande. Sie standen für einen Augenblick im Kreis zusammen, um sich ihre Zigaretten anzuzünden. Einer stellte sich an die Mauer neben der Haustür und urinierte. Indessen musterten sie uns alle, auch der an der Mauer, auf eine seltsam hartnäckige Weise mit verstohlenen Blicken. (Aber hatten sie denn nicht recht? Was taten wir, der alte Herr und ich, hier um diese Stunde?)

Ein kleines Rinnsal schlängelte sich unter den Beinen des an der Mauer stehenden jungen Mannes hervor und drang rasch bis zur tiefer gelegenen Mitte der Gasse, wo es die Aufmerksamkeit der Hündin erregte, die sich vorsichtig näherte und es beschnupperte.

»Es wird besser sein, wenn wir fortgehen!« flüsterte, mit einem leichten Beben in der Stimme, Fadigati.

Wir entfernten uns schweigend, während hinter uns die Gasse plötzlich von gemeinen Worten und lautem Gelächter widerhallte. Einen Augenblick lang fürchtete ich, daß uns die kleine Bande nachkäme. Aber da waren wir schon zu unserem Glück in der Via Ripagrande, wo der Nebel noch dichter zu sein schien. Wir brauchten nur die Straße zu überqueren und auf dem Bürgersteig auf der anderen Seite weiterzugehen, um sicher zu sein, daß wir unsere Spuren verwischt hatten.

Wir gingen nun langsamer, Seite an Seite, zum Montagnone hinauf. Mitternacht war schon eine ganze Weile vorüber, und die Straßen waren menschenleer. Man sah nur geschlossene Fensterläden und verrammelte Türen; dazwischen in regelmäßigen Abständen das gleichsam untermeerische Licht der Straßenlaternen.

Es war so spät geworden, daß um diese Stunde in der ganzen

Stadt vielleicht nur noch wir beide, Fadigati und ich, auf den Straßen unterwegs waren. Fadigati sprach betrübt, mit leiser Stimme. Er erzählte mir von all seinem Unglück. Man hatte ihn unter irgendeinem Vorwand von seiner Arbeit im Krankenhaus entbunden. Aber darüber hinaus kam es jetzt auch vor, daß sich in seiner Sprechstunde in der Via Gorgadello den ganzen Nachmittag über kein einziger Patient zeigte. Gewiß, er hatte für niemand zu sorgen; in finanzieller Hinsicht brauchte er keine unmittelbaren Befürchtungen zu hegen. Konnte man aber auf die Dauer so weiterleben, in einer so vollkommenen Vereinsamung, umgeben von einer allgemeinen Feindseligkeit? Bald würde es soweit sein, daß er seine Sprechstundenhilfe entlassen, in eine kleinere Praxis übersiedeln und seine Bilder verkaufen müßte. Dann konnte man aber auch gleich Ferrara verlassen und versuchen, sich anderswo niederzulassen.

»Warum tun Sie es nicht?«

»Sie haben recht«, sagte er. »Aber in meinen Jahren ... Und außerdem, glauben Sie, daß mir, wenn ich wirklich den Mut und die Kraft aufbrächte, mich zu einem solchen Schritt zu entschließen, das irgendwie nützen würde?«

Als wir in der Gegend des Montagnone angelangt waren, hörten wir hinter uns das leise Geräusch tappender Pfoten. Wir wandten uns um. Es war die Bastardhündin von vorhin, die nun keuchend daherkam.

Glücklich, uns in diesem Meer von Nebel dank ihrer Witterung aufgespürt zu haben, blieb sie stehen. Die langen, weichen Ohren zurückgelegt und mit einem freudigen Winseln und Schweifwedeln begann sie von neuem mit ihren rührenden Ergebenheitsbezeigungen, die vornehmlich Fadigati galten.

»Ist es Ihr Hund?« fragte ich.

»Aber nein. Sie ist mir heute abend in der Gegend des Aquädukts zugelaufen. Ich habe sie nur gestreichelt, aber sie hat es zu ernst genommen. Seitdem bin ich sie nicht mehr losgeworden.«

Ich bemerkte, daß sie dicke, hängende, milchgeschwellte Zitzen hatte.
»Sie hat Junge geworfen; können Sie es sehen?«
»Tatsächlich! Sie haben recht!« rief Fadigati überrascht.
Und dann, zur Hündin gewandt: »Herumtreiberin! Wo hast du deine Kleinen gelassen? Schämst du dich nicht, um diese Stunde in den Straßen zu streunen? Du entartete Mutter!«
Wieder drückte sich die Hündin mit dem Bauch platt auf den Boden, nur wenige Zentimeter von den Füßen Fadigatis entfernt. »Schlag mich, bring mich um, wenn du willst!« schien sie sagen zu wollen. »Es ist nur gerecht, und außerdem gefällt es mir!«
Der Arzt beugte sich nieder, um ihr den Kopf zu streicheln. Darauf hörte sie, in einem Anfall wahrer Leidenschaft, nicht mehr auf, ihm die Hand zu lecken. Sie versuchte sogar, an sein Gesicht zu kommen und es unversehens abzulecken.
»Ruhig, sei ruhig . . .«, wiederholte Fadigati immer wieder.
Schließlich nahmen wir unseren Weg wieder auf, wobei uns die Hündin stets vorauslief oder folgte. Wir näherten uns nun meinem Haus. Wenn sie uns vorauseilte, blieb sie an jeder Straßenkreuzung stehen, als fürchtete sie, uns noch einmal zu verlieren.
»Sehen Sie sie sich an«, sagte Fadigati. »Vielleicht sollte man wie sie sein, sollte man es verstehen, seine eigene Natur zu akzeptieren. Aber, andrerseits, wie ist das möglich? Kann man einen solchen Preis zahlen? Der Mensch hat viel vom Tier – und trotzdem: darf der Mensch nachgeben? Zugeben, ein Tier und nur ein Tier zu sein?«
Ich brach in lautes Lachen aus.
»O nein«, sagte ich. »Das wäre, wie wenn man sagte: kann ein Italiener, ein italienischer Staatsangehöriger, zugeben, ein Jude und nur das zu sein?«
Beschämt blickte er mich an.
»Ich verstehe, was Sie sagen wollten«, erklärte er dann. »Glauben Sie mir, daß ich in diesen Tagen sehr oft an Sie und Ihre

Familie gedacht habe. Doch – erlauben Sie mir, das zu sagen – wenn ich an Ihrer Stelle wäre ...«
»Was soll ich tun?« unterbrach ich ihn heftig. »Es hinnehmen, der zu sein, der ich bin? Oder besser: mich bemühen, der zu sein, den die andern in mir sehen wollen?«
»Ich verstehe nicht, warum Sie es nicht sollten«, gab er freundlich zurück. »Lieber Freund, wenn es Sie so viel menschlicher macht, der zu sein, der Sie sind (Sie wären sonst nicht jetzt mit mir zusammen!), warum weigern Sie sich, warum lehnen Sie sich auf? Mein Fall liegt anders, ja, er steht zu dem Ihren im geraden Gegensatz. Nach dem, was im Sommer vorgefallen ist, vermag ich mich selbst nicht mehr zu ertragen. Ich kann nicht mehr; ich darf nicht mehr. Können Sie es glauben, wenn ich Ihnen sage, daß ich es manchmal nicht über mich bringe, mich vor dem Spiegel zu rasieren? Wenn ich mich wenigstens in einem anderen Stil kleiden könnte! Aber können Sie sich mich ohne diesen Hut ... diesen Mantel und diese gutbürgerliche Brille vorstellen? Und andrerseits fühle ich mich gerade damit so lächerlich, so grotesk und absurd! Ach nein, *unde redire negant* ist hier wohl am Platz zu sagen! Mir kann nicht mehr geholfen werden, wissen Sie!«
Ich schwieg. Ich dachte an Deliliers und Fadigati – an den Henker und sein Opfer. Für gewöhnlich verzieh das Opfer dem Henker und gab ihm recht. Was jedoch mich betraf, so täuschte sich Fadigati: in diesem Augenblick war ich überzeugt, daß ich niemals auf den Haß anders als mit Haß antworten könnte.
Sobald wir vor unserem Hause standen, zog ich den Schlüssel aus der Tasche und schloß auf. Der Hund steckte den Kopf in den Türspalt, wie um hereinzulaufen.
»Weg da!« rief ich. »Mach, daß du fortkommst!«
Er winselte erschrocken und schmiegte sich Zuflucht suchend an die Beine seines Beschützers.
»Gute Nacht«, sagte ich. »Es ist spät geworden. Ich muß jetzt wirklich hinaufgehen.«

Er erwiderte meinen Händedruck mit großer Wärme.
»Gute Nacht ... Leben Sie wohl ... Und viele Grüße an Ihre Familie«, wiederholte er mehrmals.
Ich überschritt die Schwelle. Und da er, lächelnd und den Arm zum Gruß hebend, sich nicht entschließen konnte, fortzugehen (auch die Hündin, die sich auf den Bürgersteig gesetzt hatte, sah mich mit fragendem Ausdruck von unten her an), begann ich, die Haustür zu schließen.
»Rufen Sie mich einmal an?« fragte ich leichthin, bevor ich die beiden Türflügel endgültig schloß.
»Was weiß ich!« sagte er mit einem ein wenig mysteriösen Lächeln durch den letzten Spalt der sich schließenden Tür. »Qui vivra verra.«

16

Er rief mich jedoch zwei Tage später an. Wir wollten gerade essen; meine Mutter, die sich noch nicht gesetzt hatte, nahm den Hörer ab.
»Es ist für dich«, sagte sie und steckte den Kopf durch die Tür der kleinen Kammer, in der das Telefon stand.
»Wer ist es?«
Sie setzte sich mit einem Achselzucken an den Tisch. Es tat ihr leid, nicht wie gewöhnlich nach dem Namen des Anrufenden gefragt zu haben.
»Es ist ein Herr ... ich habe nicht herausbekommen können, wer es ist.«
»Du hättest ihn ja nur zu fragen brauchen«, platzte ich heraus und stand auf. »Das ist doch ganz einfach!« Aber ein heimliches Herzklopfen hatte mir schon angezeigt, wer es sein könnte.
Ich schloß mich in dem Kämmerchen ein.
»Wer ist dort?«

»Ich bin es, Fadigati«, sagte er. »Es tut mir leid, daß ich Sie gestört habe. Waren Sie noch beim Essen?«
Ich war von seiner Stimme überrascht. Durch das Telefon klang sie schriller. Auch der venezianische Akzent trat mehr hervor.
»Nein, nein ... einen Augenblick, bitte!«
Ich öffnete die Tür, die zum Speisezimmer führte und steckte nun meinerseits den Kopf hindurch, und ohne zu sagen, wer am Apparat war (es war mit mir soweit gekommen, daß ich nicht einmal mehr meinen Eltern vertraute!), bat ich meine Mutter, meinen Suppenteller mit einem Teller zu bedecken. Fanny beeilte sich, ihr zuvorzukommen. Erstaunt und sofort eifersüchtig beobachtete mich mein Vater. Er hob das Kinn, wie um zu fragen: »Was geht da vor sich?« Aber ich hatte die Tür schon wieder hinter mir geschlossen.
»Also ... sprechen Sie bitte.«
»Ach, es ist nichts weiter«, erklärte der Arzt am anderen Ende der Leitung mit einem Lachen. »Aber Sie hatten mir gesagt, ich sollte Sie einmal anrufen, und da ... Ich habe Sie gestört, sagen Sie es aufrichtig!«
»Aber nein, im Gegenteil«, widersprach ich. »Ich habe mich gefreut. Wollen Sie, daß wir uns sehen?«
Nach einem kleinen Zögern (das ihm gewiß nicht entging) fügte ich hinzu:
»Hören Sie, warum kommen Sie nicht einmal zu uns? Ich glaube, Papa wäre glücklich, Sie wieder zu sehen. Wollen Sie nicht?«
»Nein, danke ... Sie sind wirklich liebenswürdig ... Nein ... lieber ein andermal, wirklich sehr gern! Aber nur, wenn ... Ernstlich, es ist mir eine große Freude!«
Ich wußte nicht mehr, was ich sagen sollte. Nach einer ziemlich langen Pause, während der ich im Hörer nichts anders vernahm als das schwere Atmen des Herzkranken, setzte er das Gespräch wieder fort.
»Übrigens, der Hund hat mich tatsächlich bis nach Hause begleitet, was sagen Sie dazu?«

Im ersten Augenblick begriff ich nicht, wovon er sprach.
»Was für ein Hund?«
»Aber die Hündin von neulich abend ... die entartete Mutter!« Er lachte.
»Ach so, die Bastardhündin.«
»Nicht nur, daß sie mit mir bis nach Hause gelaufen ist«, fuhr er fort, »sondern als wir vor meiner Haustür in der Via Gorgadello standen, wollte sie absolut auch mit mir in die Wohnung gehen. Sie war hungrig, die Ärmste. Ich kratzte in der Speisekammer ein Wurstende, etwas hartes Brot und ein paar Käsekrusten zusammen. Sie hätten sehen müssen, mit welchem Appetit sie das alles verschlungen hat! Aber hören Sie, das ist noch nicht alles. Danach habe ich sie ins Schlafzimmer mitnehmen müssen!«
»Was? Richtig ins Bett?«
»Also viel hat daran nicht gefehlt. Wir haben uns folgendermaßen arrangiert: ich im Bett, sie auf dem Fußboden in einem Winkel. Von Zeit zu Zeit wachte sie auf, wimmerte leise und kratzte an der Tür. ›Kusch dich!‹ rief ich im Dunkeln, und für ein Weilchen, eine viertel oder halbe Stunde, blieb sie ruhig. Doch dann fing sie von neuem an. Es war eine Höllennacht, das kann ich Ihnen versichern!«
»Aber warum haben Sie sie nicht laufen lassen, wenn sie fort wollte?«
»Was wollen Sie – die Trägheit! Ich hatte keine Lust, aufzustehen und sie hinunterzubringen ... Sie wissen, wie das so ist. Sowie es hell wurde, habe ich mich jedenfalls beeilt, ihren Wunsch zu erfüllen. Ich habe mich angezogen und bin mit ihr auf die Straße gegangen. Ja, diesmal habe ich ihr das Geleit gegeben. Mir war der Gedanke gekommen, daß sie den Weg nach Hause nicht finden könnte.«
»Sie haben Sie in der Gegend des Aquädukts gefunden, wenn ich mich recht erinnere?«
»Richtig. Und tatsächlich, als ich ans obere Ende der Via Garibaldi an der Ecke der Esplanade gekommen war, höre ich je-

manden rufen. Es war ein Bäckerbursche, ein brauner Junge auf einem Fahrrad. Die Hündin warf sich ihm an den Hals. Sie können sich nicht vorstellen, wie herzlich die Begrüßung beiderseits ausfiel. Und dann beide zusammen auf und davon, er auf dem Rad und sie hinter ihm her.«

»So sind die Frauen«, scherzte ich.

»Etwas ist daran«, seufzte er. »Sie war schon weit, sie waren im Begriff in die Via Piangipane einzubiegen, als sie sich noch einmal nach mir umdrehte, als wollte sie sagen: ›Sei mir nicht böse, wenn ich dich sitzenlasse, alter Herr, aber ich muß wirklich mit diesem Jungen laufen. Was kann man tun?‹«

Er lachte, und es klang gar nicht verbittert.

»Was Sie aber nicht erraten werden, ist der Grund, warum sie in der Nacht fort wollte«, fügte er hinzu.

»Nun sagen Sie mir nicht, daß es der Gedanke an ihre Jungen war, der sie wachgehalten hat!«

»Doch. Sie haben es erraten, gerade die Sorge um ihre Jungen! Soll ich Ihnen den Beweis nennen? Ich habe in meinem Zimmer, in der Ecke, in der sie schlief, später eine große Milchlache entdeckt. Im Lauf der Nacht war ihr der Drang zum Säugen gekommen – deswegen brachte sie es nicht fertig, still zu bleiben, und wimmerte. Welche Qualen das arme Tier wohl ausgestanden haben mag!«

Er sprach weiter: von der Hündin, von Tieren im allgemeinen und ihren Gefühlen, die denen der Menschen, wie er sagte, sehr ähnlich seien, auch wenn sie »vielleicht« einfacher und unmittelbarer den Naturgesetzen unterworfen sind. Ich saß indessen wie auf Kohlen. Damit meine Eltern, die gewiß ganz Ohr waren, nicht merkten, mit wem ich sprach, beschränkte ich mich auf einsilbige Antworten. Auch hoffte ich, auf diese Weise Fadigati zu einer Abkürzung des Gesprächs bewegen zu können. Aber nichts dergleichen! Es schien, als brächte er es nicht über sich, den Hörer aufzulegen.

Es war ein Donnerstag. Wir verabredeten uns für den kommenden Samstag. Er wollte mich gleich nach dem Mittagessen

anrufen. Bei schönem Wetter wollten wir mit der Straßenbahn nach Pontelagoscuro fahren und an das Po-Ufer gehen. Nach den letzten Regenfällen mußte der Fluß bald die Hochwassermarke erreicht haben. Wer weiß, was für ein Schauspiel uns erwartete!
Aber als er sich endlich verabschiedete, wiederholte er mehrmals mit bewegter Stimme: »Adieu, lieber Freund ... leben Sie wohl! Viel Glück Ihnen und Ihren Lieben ...«

17

Es regnete den ganzen Samstag und den ganzen Sonntag. Vielleicht vergaß ich auch deshalb Fadigatis Versprechen. Er rief mich nicht an, ebensowenig rief ich ihn an, aber, ich wiederhole, aus reiner Vergeßlichkeit und nicht absichtlich. Es regnete ohne Unterbrechung. Von meinem Zimmer aus sah ich die Bäume im Garten: die Pappel, die beiden Ulmen und die Kastanie, die der Platzregen der letzten Blätter beraubte. Nur die große Tanne in der Mitte, schwärzer und stachliger denn je, schien, auf eine außerordentliche Weise tropfend und triefend, so große Feuchtigkeit zu genießen.
Am Sonntagmorgen gab ich, wie ich mich genau erinnere, Fanny eine Nachhilfestunde in Latein. Der Schulunterricht hatte zwar wieder begonnen, aber sie hatte Schwierigkeiten mit der Grammatik. Sie zeigte mir eine Übersetzung aus dem Italienischen, die von Fehlern strotzte. Sie begriff nichts, und ich geriet in Zorn.
»Du bist ein Dummkopf!« brüllte ich.
Sie brach in Tränen aus. Ihre Gesichtshaut war, nachdem die Meeresbräune verschwunden war, wieder bleich, fast durchsichtig geworden, so daß an den Schläfen das Blau der Adern sichtbar wurde. Das glatte Haar fiel ihr ohne Anmut auf die zuckenden Schultern herab.

Da umarmte ich sie und küßte sie.
»Darf man wissen, warum du weinst?« fragte ich. Und ich versprach ihr, sie nachmittags ins Kino mitzunehmen.
Statt dessen ging ich dann allein ins »Excelsior«.
»Galerie?« fragte mich die Kassiererin, die mich kannte, von der Höhe ihrer Kanzel aus.
Es war eine Frau von unbestimmbarem Alter: braun, gelockt, üppig, sehr gepudert und geschminkt. Seit wieviel Jahren saß sie nun schon da, träge unter ihren schweren Lidern blinzelnd – ein groteskes Götzenbild? Ich hatte sie seit jeher hier gesehen, seitdem uns die Mutter als Kinder mit dem Dienstmädchen ins Kino schickte. Wir kamen jeden Mittwochnachmittag, wie ich mich erinnere, weil der Donnerstag schulfrei war; und natürlich stiegen wir jedesmal zur Galerie hinauf.
Und da war nun diese fette, weiße Hand mit den lackierten Fingernägeln, die mir die Eintrittskarte hinhielt. Es war etwas sehr Sicheres, fast Gebieterisches in der Ruhe dieser Gebärde.
»Nein, geben Sie mir einen Parkettplatz«, sagte ich trocken, freilich nicht, ohne ein unvermutetes Schamgefühl überwinden zu müssen. Und in diesem Augenblick erinnerte ich mich plötzlich an Fadigati.
Ich zeigte mein Billett der Platzanweiserin, betrat den Saal und fand trotz des Gedränges sogleich Platz.
Eine seltsame Unruhe lenkte mich fortwährend vom Film ab. Verschiedentlich glaubte ich irrtümlicherweise ihn im Rauch und Dunkel zu erkennen – mit seinem Schlapphut, seinem Mantel und der funkelnden Brille. In den Pausen blickte ich mich um: suchte in den vorderen Sitzreihen, wo die feldgrauen Uniformen häufiger waren oder in den Seitengängen bei den schweren Vorhängen vor den Ausgängen. Aber vergebens, er war es nie; er war nicht da. Und er war erst recht nicht oben auf der Galerie, bis zur Decke hinauf gedrängt voll von jungen Leuten, die vom Fußballspiel gekommen waren, von Damen und jungen Mädchen mit Hut und im Pelzmantel, von Offizieren des Heeres und der Miliz und von Herren in höhe-

ren und in mittleren Jahren (Landwirten, Akademikern, Kaufleuten und so weiter) in schläfriger Erwartung, den Feiertag beenden zu können, mit dem Abendessen zuerst, dann im Klub. Nein, er war nicht dabei. Aber warum hätte er auch da sein sollen, fragte ich mich und versuchte, mich zu beruhigen. Schließlich gab es in Ferrara noch drei andere Kinos. Überdies, war er nicht immer am liebsten erst abends nach dem Essen ins Kino gegangen?

Als ich gegen halb acht Uhr das Kino verließ, regnete es nicht mehr. Hinter der stellenweise aufgerissenen Wolkendecke wurde der Sternenhimmel sichtbar. Ein steifer, warmer Wind hatte rasch die Straßen getrocknet.

Ich überquerte den Listone und ging durch die Via Bersaglieri del Po. Von der Ecke der Via Gorgadello aus warf ich einen Blick auf sein Haus. Es war alles dunkel, alles geschlossen. Dann versuchte ich, ihn von der nahegelegenen öffentlichen Fernsprechstelle an der Via Cairoli anzurufen. Aber nichts. Schweigen. Keine Antwort.

Ich versuchte es noch einmal am Abend von zu Hause und am nächsten Morgen von der Telefonzelle aus, immer mit dem gleichen Resultat. »Er wird verreist sein«, sagte ich mir schließlich. »Wenn er wieder hier ist, wird er sich gewiß melden.«

Auf meinem Heimweg ging ich durch die Via Savonarola in der sonnenerfüllten Stille um ein Uhr mittags. Nur wenige Menschen waren unterwegs; aus den offenen Fenstern drangen leichte Radiomusik und die guten Essensgerüche. Ich blickte nach oben, in den blauen, vollkommenen Himmel, in den sich hart die Profile von Gesimsen und Dachrinnen einzeichneten. Die noch regenfeuchten Dächer um den Platz vor der Kirche von San Girolamo schienen mehr braun als rot, fast schwarz, zu sein.

Gerade vor dem Eingang zur Frauenklinik stieß ich auf Cenzo, den Zeitschriftenhändler.

Ich blieb stehen, um den »Corriere Ferrarese« zu kaufen. »Wie steht es mit dem *Estense* in diesem Jahr?« fragte ich ihn.

»Schaffen wir es, daß er in die B-Kategorie aufrückt, Cenzo?«

Vielleicht in dem Argwohn, daß ich mich über ihn lustig machte, sah er mich von der Seite an. Er faltete die Zeitung zusammen und reichte sie mir mit dem herausgegebenen Geld. Dann ging er weiter und rief aus vollem Halse die Überschriften aus.

»Sensationelle Niederlage von *Bologna* in Turin! *Estense* verläßt ungeschlagen das Spielfeld von Carpi!«

Ich steckte den Schlüssel in das Schloß der Haustür und hörte noch von weitem seine Stimme durch die leeren Straßen hallen.

Oben fand ich meine Mutter in der heitersten Laune. Mein Bruder Ernesto hatte aus Paris telegrafiert, daß er noch am selben Abend in Italien eintreffen würde. Er wollte morgen noch einen halben Tag in Mailand bleiben. In jedem Fall rechnete er damit, morgen zum Abendessen in Ferrara zu sein.

»Weiß es Papa schon?« fragte ich, ein wenig gekränkt durch den Anblick ihrer Freudentränen, und blickte auf das gelbe Telegrammformular.

»Nein. Er ist um zehn Uhr aus dem Haus gegangen. Er hatte erst auf dem Rathaus zu tun und mußte dann zur Bank gehen, und das Telegramm ist erst gegen zwölf Uhr gekommen. Wie froh wird er sein! Heute nacht konnte er nicht einschlafen; immer wieder sagte er: ›Wenn wenigstens auch Ernesto wieder zu Hause wäre!‹ «

»Ist kein Anruf für mich gekommen?«

»Nein . . . das heißt, warte einmal . . .«

Sie verzog das Gesicht in der Bemühung, sich zu erinnern, und blickte dabei nach links und nach rechts, wie wenn sie den Namen dessen, der angerufen hatte, an den Wänden oder auf dem Fußboden hätte lesen können.

»Ach ja . . . Nino Bottecchiari . . .«, sagte sie schließlich.

»Und sonst hat niemand angerufen?«

»Nein. Nino hat sehr darum gebeten, daß du ihn anrufst . . .

Warum gehst du nicht einmal zu ihm? Ich glaube, er ist ein guter Freund.«

Wir setzten uns zu Tisch, wir beide allein – Fanny war nicht da; sie war von einer Schulfreundin zum Mittagessen eingeladen. Meine Mutter sprach über Ernesto. Schon jetzt machte sie sich Sorgen, ob er sich für das Jura- oder das Medizinstudium entscheiden wollte. In jedem Fall würde ihm das Englische, das er nunmehr perfekt beherrschen mußte, von höchstem Nutzen sein, und zwar bei seinem Studium wie auch im Leben.

»Er muß aber in Übung bleiben«, wandte ich ein, wohl nur, um sie zu beunruhigen und sie dann mit einer Umarmung wieder ihrer heiteren Stimmung zurückzugeben.

Mein Vater kam an diesem Tage später als gewöhnlich. Wir waren, als er kam, schon beim Obst.

Mit dem Ausruf: »Große Neuigkeiten!« riß er die Tür zum Speisezimmer auf.

Er ließ sich schwer auf seinen Stuhl fallen, mit einem Stoßseufzer der Befriedigung. Er war müde und blaß; doch er strahlte.

Er blickte zur Küchentür, um sich zu vergewissern, daß Elisa, die Köchin, nicht gerade mit den Spaghetti hereinkam; dann beugte er sich, die Augen vor Aufregung weit aufgerissen, über den Tisch mit der offenbaren Absicht, all seine Neuigkeiten auszupacken.

Er kam aber nicht dazu. Meine Mutter war schnell bei der Hand mit dem Telegramm, das sie ihm aufgeschlagen unter die Nase hielt.

»Auch wir haben wichtige Neuigkeiten«, sagte sie mit einem stolzen Lächeln. »Was sagst du dazu?«

»Ach ... von Ernesto«, sagte er zerstreut. »Wann trifft er ein? Hat er sich also endlich entschlossen!«

»Was soll das heißen: wann trifft er ein?« rief meine Mutter voller Entrüstung. »Hast du nicht gelesen? Morgen abend!«

Sie riß ihm das Telegramm aus der Hand. Verärgert wie ein

launisches kleines Kind, faltete sie es wieder sorgfältig zusammen.
»Man möchte meinen, daß es sich nicht um deinen Sohn handelt«, murrte sie mit niedergeschlagenen Augen und steckte das Telegramm wieder in ihre Schürzentasche.
Mein Vater sah mich an. Wütend rief er mich als Zeugen an und forderte meine Unterstützung. Aber ich schwieg. Es widerstrebte mir, einzugreifen und diesen kleinen, kindlich anmutenden Zank beizulegen.
»Also los, laß uns hören«, lenkte meine Mutter ein, aber mit einer Miene, als wollte sie vor allem mir einen Gefallen tun.

18

Mein Vater hatte uns folgende Neuigkeiten mitzuteilen:
Vor einer halben Stunde war er im »Credito Italiano« zufällig dem Rechtsanwalt Geremia Tabet begegnet, der, wie wir wohl wußten, nicht nur stets in alle Geheimnisse der »Casa del Fascio« von Ferrara eingeweiht war, sondern auch, wie allgemein bekannt, die Freundschaft und Hochachtung des Polizeichefs, Seiner Exzellenz Bocchini, genoß.
Als sie die Bank zusammen verließen, faßte Tabet meinen Vater unter den Arm. Kürzlich, so vertraute er ihm an, war er in Geschäften in Rom gewesen, was ihm Gelegenheit gegeben hatte, »den Fuß für einen Augenblick über die Schwelle des Viminale zu setzen«. In Anbetracht der Zeitläufte und Umstände hatte er nicht geglaubt, daß der Privatsekretär Seiner Exzellenz ihn überhaupt anmelden würde. Statt dessen hatte ihn der Präfekt, Doktor Corazza, sofort in den großen Saal eintreten lassen, in dem der »Chef« arbeitete.
»Mein lieber Rechtsanwalt!« hatte Bocchini ihn begrüßt, sowie er ihn eintreten sah.
Er war aufgestanden und ihm bis zur Mitte des Saals entge-

gengekommen. Nach herzlichem Händedruck ließ er ihn in einem Sessel Platz nehmen. Und dann hatte er ohne Umstände das Gespräch auf die Frage der Rassengesetze gebracht.
»Bewahren Sie nur weiter Ihre schöne Ruhe, Tabet«, so hatte er sich ausgedrückt, »und, bitte, flößen Sie Ruhe und Vertrauen so vielen Ihrer Glaubensgenossen wie nur möglich ein. Ich bin dazu ermächtigt, Ihnen zu garantieren, daß es in Italien nie zu einer Rassengesetzgebung kommen wird.«
Die Presse spräche zwar noch immer schlecht von den »Israeliten«, hatte Bocchini weiter erklärt, aber um höherer Motive willen, aus Gründen der Außenpolitik. Man müßte das verstehen. In diesen letzten Monaten hätte sich für den Duce die unausweichliche Notwendigkeit ergeben, die westlichen Demokratien glauben zu lassen, daß Italien nunmehr doppelt und dreifach mit Deutschland verbunden sei. Was für ein überzeugenderes Argument hätte er da finden können als ein bißchen Antisemitismus? Ein Gegenbefehl des Duce würde genügen, damit solche Dorfköter von der Art eines Interlandi oder Preziosi (der Chef der Polizei bezeigte eine ungemeine Verachtung für sie) augenblicklich aufhörten zu bellen.
»Hoffen wir das beste!« seufzte meine Mutter, die schon wieder an den Lippen meines Vaters hing. »Hoffen wir, daß er sich bald dazu entschließt, diesen famosen Gegenbefehl zu geben!«
Elisa kam mit der ovalen Spaghetti-Schüssel herein, und mein Vater schwieg. Ich rückte meinen Stuhl ab und stand auf, um mich in den Korbsessel neben den Radioapparat zu setzen.
Warum teilte ich nicht die Hoffnungen meiner Eltern? Was war mir an ihrem Enthusiasmus nicht recht? »Großer Gott...«, sagte ich bei mir, die Zähne aufeinanderpressend, »sobald Elisa diesen Raum verläßt, fängt Papa wieder an zu reden!«
Ich war verzweifelt, vollkommen verzweifelt. Und das nicht so sehr deshalb, weil ich Zweifel an der Wahrheit dessen hegte, was Bocchini sagte (schließlich konnte das, was der Po-

lizeichef dem Rechtsanwalt Tabet gesagt hatte, sehr wohl wahr sein), als vielmehr, weil ich meinen Vater plötzlich so glücklich sah, oder, besser, so begierig, es wieder zu werden. War es also gerade das, was ich nicht ertrug, fragte ich mich. Daß er glücklich war? Daß ihm die Zukunft wieder lächelte wie einst, *wie früher?*

Ich zog meine Zeitung aus der Tasche, warf einen Blick auf die erste Seite, schlug aber alsbald die Sportnachrichten auf. Ich bemühte mich, meine Aufmerksamkeit auf den Bericht über das Spiel *Juventus-Bologna* zu lenken, das in Turin, wie ich ja bereits von Cenzo hatte ausrufen hören, mit der »sensationellen Niederlage« von »Bologna« geendet hatte. Es war vergeblich.

Die Freude meines Vaters, fand ich, war die Freude des Kindes, das aus dem Klassenzimmer geschickt worden war und sich vom leeren Korridor, auf den man es verbannt hat, um dort eine Schuld zu sühnen, die es nicht begangen hat, plötzlich und unverhofft zurückgerufen findet, wieder aufgenommen ins Klassenzimmer, in die Gesellschaft seiner lieben Kameraden. Man hat ihm nicht nur verziehen, sondern es als schuldlos erkannt und vollkommen rehabilitiert. Aber hatte mein Vater nicht im Grunde recht, wenn er sich wie ein solches Kind freute? Ich allerdings konnte es nicht. Das Gefühl der Einsamkeit, das mich in diesen letzten beiden Monaten nicht mehr verlassen hatte, wurde gerade jetzt nur noch heftiger – das Gefühl einer vollkommenen und endgültigen Einsamkeit. Aber was weiter? Was wollte ich? Was bildete ich mir ein?

Ich hob den Kopf. Elisa machte sich noch am Tisch zu schaffen, indem sie das gebrauchte Geschirr abräumte. Die langen Strahlen der schon nachmittäglichen Sonne stießen in das Halbdunkel des Zimmers. Sie kamen aus dem anstoßenden sonnenüberfluteten Wohnzimmer. In Kürze, sogleich nach dem Essen, würde sich mein Vater dorthin zurückziehen und sich zu einem Schläfchen auf dem Lederdiwan ausstrecken. Ja, mir war, als sähe ich ihn bereits da: allein, eingeschlossen, geschützt, wie in einem rosig leuchtenden Kokon. Er schlief eingewickelt in seinen Mantel, das naive Gesicht dem Licht dargeboten ...

Ich beugte den Kopf wieder über die Zeitung.

Und da fiel mein Blick auf eine mittelgroße Überschrift, unten auf der linken Seite, gegenüber der Sportseite.

Sie lautete:

Bekannter Arzt aus Ferrara
bei Pontelagoscuro im Po ertrunken

Ein paar Sekunden lang, glaube ich, setzte mein Herz aus. Dabei hatte ich noch nicht einmal begriffen, was geschehen war; ich hatte es mir noch nicht klargemacht.

Ich holte tief Atem. Und nun begriff ich es, ja, noch bevor ich begonnen hatte, die halbe Spalte unter der Überschrift zu lesen, in der natürlich keineswegs von Selbstmord die Rede war, sondern nur, dem Stil der Zeit entsprechend, von einem Unfall. (In jenen Jahren hatte niemand das Recht, sich selbst zu töten – auch kein alter, entehrter Mann, der keinen Grund mehr wußte, weiterzuleben ...)

Jedenfalls las ich nicht zu Ende. Ich senkte die Lider. Mein Herz schlug allmählich wieder regelmäßig. Ich wartete darauf, daß Elisa die Küchentür hinter sich schloß, und sagte dann, ruhig, aber unvermittelt:

»Doktor Fadigati ist tot.«

Anmerkungen des Übersetzers

1 *Segretario Federale*: Faschistischer Parteifunktionär, dem nationalsozialistischen Gauleiter entsprechend.

2 *GUF*: Die faschistische Studentenorganisation *Gruppo Universitario Fascista*.

3 *Dopolavoro*: Faschistisch gelenkte »Freizeitgestaltung«, vergleichbar der »Kraft durch Freude«-Organisation.

4 *Odi Barbare*: Lyrischer Zyklus von Giosuè Carducci (1835 bis 1907).

SERIE PIPER

Giorgio Bassani

Die Brille mit dem Goldrand

Erzählung. Aus dem Italienischen von Herbert Schlüter. 106 Seiten. SP 417

»Bassani zeigt den lautlosen Fortschritt des Verhängnisses, während sich nach außen hin so wenig ändert – mit dieser Fähigkeit, den wirklichen Gang der Dinge aufzuzeichnen, weist er sich als echter Erzähler aus.«

Franz Tumler

Die Gärten der Finzi-Contini

Roman. Aus dem Italienischen von Herbert Schlüter. 358 Seiten. SP 314

»Mit den ›Gärten der Finzi-Contini‹ legte Bassani seinen ersten Roman vor… eine Meisterleistung. Er liest sich fast wie eine Chronik, die ›Mémoire‹ dreier Jahre im Leben eines jungen Mannes, der zur Jeunesse dorée einer Provinzstadt in Italien, Ferrara, rechnet und plötzlich, 1937, mit der Rassengesetzgebung des Spätfaschismus zum Paria wird. Mit der Präzision eines Archäologen hebt Bassani ein Stück Leben Schicht um Schicht ans Licht.«

Die Welt

Hinter der Tür

Roman. Aus dem Italienischen von Herbert Schlüter. 174 Seiten. SP 386

»Unter den lebenden Erzählern könnte nur noch Julien Green eine solche Verbindung von Zartgefühl und (scheinbar) unbemühter Schlichtheit treffen. Aber Bassani ist ein Julien Green ohne die Rückendeckung des Glaubens. Er unternimmt seinen Rückzug in die vielgeschmähte Innerlichkeit ganz auf eigene Rechnung und tut damit… eher einen Schritt nach vorn, nämlich auf eine Literatur zu, die die Welt nicht nur vermessen will, sondern bereit ist, sie auch in den Antworten zu erkennen und anzuerkennen.«

Günter Blöcker

Ferrareser Geschichten

Aus dem Italienischen von Herbert Schlüter. 250 Seiten. SP 430

Wie in seinem Roman »Die Gärten der Finzi-Contini« beschwört Bassani auch in diesen Geschichten das Bild seiner Heimatstadt Ferrara, demonstriert er die Tragik der politischen Ereignisse der dreißiger und vierziger Jahre am Beispiel von Einzelschicksalen.

SERIE PIPER

Isabella Bossi Fedrigotti

Zwei Schwestern aus gutem Hause

Roman. Aus dem Italienischen von Sigrid Vagt. 240 Seiten. SP 2182

Liebe, Haß und Eifersucht sind die Gefühle, die die beiden Schwestern Clara und Virginia ein Leben lang verbinden. Gemeinsam in einem großbürgerlichen Südtiroler Landhaus aufgewachsen, könnten sie verschiedener nicht sein: Clara, die jüngere, dunkelhaarig, melancholisch, verschlossen; Virginia dagegen eine blonde Schönheit, lebenshungrig und rebellisch gegen die längst überholte Lebensweise ihres Elternhauses. Doch ist Clara wirklich die Edle, Tugendhafte, die von ihrer leichtlebigen Schwester um das Lebensglück gebracht wurde? Ein raffinierter Frauenroman, ausgezeichnet mit dem Premio Campiello.

»Dieses Buch vereint in sich die Erzählkraft eines Stefan Zweig und die anmutige Schreibweise von Simone de Beauvoirs ›Memoiren einer Tochter aus gutem Hause‹.«

Der Tagesspiegel

»Auffällig ist die von Isabella Bossi Fedrigotti gewählte Form, und man könnte spekulieren, ob hierdurch autobiographische Momente in die Erzählung einfließen. Denn ungewöhnlicherweise ist der erste Lebensrückblick der jüngeren Schwester Clara in der zweiten Person geschrieben, die nachfolgende Lebensgeschichte der Virginia dagegen in der ersten Person, wodurch der Eindruck einer größeren Zuneigung zu ihr vermittelt wird.
Aus dieser erzählerischen Konfrontation resultieren im wesentlichen die Spannung und der Reiz dieses Romans; für den Leser erhellen sich zudem viele Geschehen... Ein versöhnliches Ende, so ahnt man, wird es für die beiden Damen nicht geben.«

Die Welt

Liebling, erschieß Garibaldi!

Roman. Aus dem Italienischen von Ursula Lenzin. 204 Seiten. SP 2331

Mit der romantischen Geschichte ihrer Urgroßeltern schildert Isabella Bossi Fedrigotti die Welt einer Adelsfamilie in politisch brisanter Zeit.

SERIE PIPER

Rosetta Loy

Winterträume

Roman. Aus dem Italienischen von Maja Pflug. 274 Seiten. SP 2392

In einer dichten Folge von Szenen fängt Rosetta Loy die Lebensgeschichte zweier Frauen ein, der russischen Emigrantin Daria und ihrer schönen Tochter Asia: ein unsteter Reigen aus Ehemännern, Liebhabern und Verehrern. Momentaufnahmen von bezaubernder Melancholie – zwischen Rom, Florenz und London, in den zwanziger, den dreißiger Jahren und in der Gegenwart, in denen die Schicksalfäden der beiden letzten Generationen ineinander verwoben sind. Ein Buch leiser und leidenschaftlicher Töne, ein Buch verhaltener Tränen und rauschhaften Glücks.

Ende der zwanziger Jahre heiratet Daria, Tochter russischer Emigranten, den italienischen Diplomaten Luciano, der im Auftrag der Faschisten schon bald Rom verlassen muß. Daria ist nun allein, und während sie traumverloren Harfe spielt, stellen sich die Liebhaber ein: Onkel Lev, der reiche Jude aus Kiew, Pit, der Volksfrontsympathisant, und der junge Arzt Leutnant Tardinelli, der bei Alamein im Wüstensand begraben werden wird. Mitten in diesen unruhigen Jahren, in einer immer unordentlichen Wohnung, wächst die schöne Tochter Asia heran. Und damit beginnt die Geschichte eines jungen, stolzen Mädchens und ihrer Freunde, die Geschichte einer neuen Generation, die eine Generation ewig Heranwachsender bleibt. Wie Schattenwesen bewegen sie sich durch ihre Liebschaften, ihre Ehen, durch ihr Leben, in dem Träume niemals reifen.

»Musterbeispiel eines Frauenromans – nicht, weil er von einer Frau geschrieben wurde, sondern weil er das Leben und die Welt aus einem unverwechselbar weiblichen Blickwinkel betrachtet… Rosetta Loy hat ein Buch geschrieben, das in die Literaturgeschichte eingehen wird.«

Frankfurter Allgemeine